La asesina de Lady Di

Alejandro López

La asesina de Lady Di

Adriana Hidalgo editora

la lengua / novela

Editor:
Fabián Lebenglik

Diseño de cubierta e interiores:
Eduardo Stupía y Pablo Hernández

© Alejandro López, 2001
© Adriana Hidalgo editora S.A., 2001, 2003
Córdoba 836 - P. 13 - Of. 1301
(1054) Buenos Aires
e-mail: ahidalgo@infovia.com.ar

ISBN: 987-9396-70-7
Hecho el depósito que indica la ley 11.723

Impreso por
Grafinor s.a. - Lamadrid 1576 - Villa Ballester
En el mes de noviembre de 2003
Ruff's Graph Producciones - Estados Unidos 1682 3º

Impreso en Argentina
Printed in Argentina

"No puedo seguir luchando con un fantasma.
La enemiga más grande que tengo soy yo, Franca"

Dora Baret en "Bianca". *Canal 13.*

1

Escapar de Gualeguaychú fue una pesadilla mortal. Tres horas escondida en el baño de la estación de colectivos y la mitad del tiempo llorando en un compartimiento, encerrada, con la puerta de madera a centímetros de la nariz y con un agujero tipo rajadura al que sólo podía llegar en puntas de pie. Desde ahí controlaba perfecto el movimiento de afuera. Alerta, con los cinco dedos de la mano derecha apoyados en la madera inmunda y la estabilidad pendiendo de un hilo.

Cada dos minutos se me venían a la cabeza imágenes de Benito, de mi hermana muerta y de mamá, titilando, como si fueran las luces de un árbol de Navidad, encendiéndose en orden y desapareciendo simultáneamente. Tenía miedo de que hubieran hecho la denuncia y que la terminal estuviera llena de policías uniformados repartiendo fotos mías o preguntando por mi paradero. Terror de no poder salir nunca de Gualeguaychú y de acabar en la cárcel, rodeada de mujerotas y de colchones con olor a pis, con el mismo olor inaguantable del baño de la terminal. Por suerte tenía el frasco de Anais-Anais que alcancé a rescatar cuando escapaba, y así la estadía en ese sucucho se me hizo más llevadera.

A la hora y media no lo aguanté más. Me dolían las piernas de estar en puntas de pie y creo que el perfume me había desencadenado un estado de náusea general.

Asomé la cabeza, caminé en línea recta y caí sin peso en una silla superendeble que se encontraba, de milagro, a un costado de los lavatorios, en el medio de ese infierno. No quería que se me notaran los nervios, pero se me desintegraba el mundo alrededor.

Cuando logré enfocar y mirarme al espejo, casi me da un infarto de la humillación. Toda la tarde llorando, me veía deforme como si acabara de salir del quirófano. Me apliqué la base nueva de Tsu, pero no pude hacer magia, así que me cambié la remera, me puse los anteojos negros y me quedé sentadita en la silla, onda cuidadora de baños, con la imagen modificada por completo y el espejo enorme, enfrente, que no hacía otra cosa que devolverme a la realidad.

Es verdad que daba más de 18 con ese tono de base, pero igual me sentía otra. Aunque llevara la mochila de cuero negro de toda la vida me notaba diferente, como si los músculos se me hubieran ubicado en otro lugar. Más segura y más fuerte que nunca, pensaba que nadie me iba a detener. Ni siquiera mi madre.

Poco equipaje. No quería un solo recuerdo de mi vida anterior. Lo que sí, había guardado una mini negra killer total, un par de pantalones, las tres remeras que me hacían flaca y unas bombachas sucias que encontré a último momento. Lo demás no me interesaba. Tenía que guardar espacio para mis objetos preferidos: el autógrafo de los Menudo, que custodiaba celosamente desde los siete años, mis dos álbumes con fotos de Ricky y la botella de agua mineral Villavicencio, de las de vidrio, que él me había dado en persona en la disco Gualeguaychú-Pamela. Un póster de la *Teleclick*, tamaño doble, donde se le ve la pierna entera y parece desnudo, mi medallita de la virgen de Lourdes y el pañuelo blanco con la "E" a un costado y con la transpiración de Ricky impregnada a fuego en la tela. Eso y el teléfono de Nélida Doménico era todo lo que necesitaba.

En un cuarto de hora salía el colectivo que me iba a liberar para siempre de Gualeguaychú. Estaba hecha un robot y cada dos minutos me aseguraba de que los datos del pasaje fueran correctos. Decía: "Hora: 22. Destino: Buenos Aires. Asiento: 13. Ventanilla. $15". Y volvía a colocarlo dobladito adentro de la mochila, memorizándolo en voz baja para hacer algo con el tiempo. Me sentía incómoda, observada, necesitaba mover las manos y, de tanto sacar y poner, el billete estaba quedando ajadísimo, como mis uñas después de semejante día.

Pensé que me iba a deshidratar. Había perdido litros llorando y no paraba de hacer pis, con la nariz tapada y haciendo fuerza con las piernas, tratando de mantener el equilibrio para no tocar el inodoro. Agotada. Entonces entró Titina, la vendedora de la disquería Chorus, a los saltitos, como si fuera una aparición en forma de conejo. Falsa como siempre y con las uñas larguísimas y prolijas haciendo juego con la chomba.

"Esperanza, ¿qué hacés acá?", me dijo sorprendida y gangosa con voz de que se meaba.

"Me voy a Buenos Aires", le confesé, "a tener un hijo de Ricky Martin", y me arrepentí al instante de habérselo dicho.

"Pero nena, si vive en Miami", me gritó, ya en el water con la puerta abierta, la bombacha a media asta y los músculos de la cara contraídos por el olor a pis.

"Ya sé, pero en octubre va a dar un mega recital en la 9 de Julio y lo voy a esperar", le contesté, " y ya que estamos me voy a hacer tiempo a Buenos Aires." Tenía la cola paradita, las manos apoyadas en las caderas y no le costaba ningún esfuerzo mantenerse recta y a veinte centímetros del inodoro. Divina.

Y me dijo: "Bueno, cuando lo veas mandame una foto", y mientras tanto se limpiaba la cholila mirando de costado como si estuviera hablándole a una demente. Después, cara de seria, me preguntó: "¿Estás bien?", y yo ahí pensé que me derrumbaba y, aunque sentía la necesidad interna de contarle todo, me coloqué los anteojos en la cabeza tipo vincha, la miré con cara de achurarla y la amenacé. "Nunca me viste, Titina, nunca", y lo repetí mientras me pasaba dos dedos por la boca como si fuera un cierre relámpago. Para cambiar de tema me preguntó por Gloria, ni siquiera escuchó la respuesta y, después de olerse los dedos, me saludó con la manito en el aire, apuntando las uñas verde limón hacia el suelo, tipo castañuela. Se tuvo que ir rapidísimo porque iba a perder el colectivo, y se alejó como había entrado, a los saltitos.

El solo hecho de que nombrara a Gloria me hacía pensar que no la iba a ver más, y otra vez las lágrimas. Me acordé de la mañana en que nos conocimos y ella me mostró a Chaqueta, su conejito de indias, o la época en que estuvo enferma y yo le leía los *Cuentos para Verónica*. Cuando se quedaba a dormir en casa y tomábamos soda del pico porque era la sensación más parecida al ahogo y a la incertidumbre que nos provocaban los varones en el cuerpo.

Me escondí detrás de los anteojos para llorar tranquila y no tener que volver a encerrarme. Los gritos de mamá me retumbaban en la cabeza; volví a recordar la escena por enésima vez. Primero la cara de Benito entrando a mi pieza. Estaba guacho total con el pelo atado, una remera negra apretada y un agujero a la altura del ombligo. De todos los novios que tuvo mamá, él era el que estaba más fuerte. En la mano tenía una cucharita de café llena de dulce de leche y en la otra el espejito de Pupa importado. Yo inmersa en la *TV Guía*, tirada en la cama muriéndome de odio con la agenda de Madonna para la filmación de *Evita*. No iba a parar un minuto, "con razón siempre está escuálida", pensé; al fondo se escuchaba el ruido del secador de pelo de mamá. Insoportable.

Los sábados a la siesta ella parecía una marciana, sentada en el living, con la escafandra de plástico enchufada a la pared, totalmente desconectada del mundo exterior. Y Benito que me pregunta: "¿Querés, conejito?", y me dedica una sonrisa, levanta la cuchara y muero porque estoy haciendo régimen y no me permito salirme de la línea, pero la tentación es demasiado grande. Y entonces junto fuerzas de quién sabe dónde, dejo la revista a un costado y aunque estoy revaca, le contesto: "Apenas", y se me hace agua la boca. Hace quince días que no como dulces y todo mi cuerpo está sensible, me lo pide a gritos. Él se acerca a una esquina de la cama, me hace señas de que desde ahí mamá no puede vernos, y escuchamos el ruido del secador como si funcionara de alarma. Se baja el cierre, pone un poco de dulce de leche en la punta, lo esparce con un dedo tipo mascarilla facial y me pide que vaya, se pone derecho y aunque estoy muy asustada voy, porque cuando Benito dice algo, yo lo hago y punto; cierro los ojos, entregada, y me pierdo.

Cuando se termina, él pone lo que queda de dulce pero esta vez se cubre todo. Entonces apoya el espejito para verme bien y me hace señas con la lengua para que siga y trata de mirarse desde arriba. Pongo los ojos en otro lado porque odio verme tan de cerca; él se toca la panza, sube la mano, se la muerde y veo mi reflejo, chiquito, en la cuchara, con la nariz en la curva de metal que me deja como un pelícano, los labios estirados, el mentón recto. Deforme, y en ese momento levanto los ojos y me encuentro con la cabeza de mamá que se asoma por la puerta, sin el secador, con los pelos parados por la estática.

Fue un balde de agua helada. Benito se quedó duro. Yo ni siquiera había atinado a soltársela que ya tenía a mi madre agarrándome de las mechas y revoleándome por la pieza. Un infierno. Pegué con todo el cuerpo en la mesita de luz, reboté en el placard y, sin querer, le di un codazo a mi mariposa de madera que terminó rodando por el suelo. Mamá no paraba. Me sacó al pasillo y me obligó a bajar los nueve escalones arrodillada, peldaño a peldaño, mientras me sostenía la cabeza para abajo sin que la pudiera levantar. Estoy segura de que sufrí un shock o algo parecido porque a partir de ahí se me confunde todo. Sé muy bien lo que pasó, pero aunque tenga todo en la cabeza, siento que es una película llena de cortes.

Ella nunca me había pegado tanto y me gritaba "hija de puta, diabla" mientras me tiraba de los pelos. Yo no podía reaccionar, en cuclillas, rezando en voz baja "Por la señal de la Santa Cruz, de nuestros enemigos"; y ella "hija de puta, diabla", y yo para mí "líbranos Señor, Dios nuestro". Y el secador enchufado como música de fondo.

Acto seguido mamá, totalmente desfigurada, me golpeó en la cara con el puño cerrado; después, con el primer florero que encontró. Y me tuve que defender, porque no daba más del dolor y, aunque en una posición dificilísima, le metí un sopapo de costado que le dejó la cara temblando. Automáticamente le di otro y otro. Tres en total.

Reaccionó al instante. Dejó de gritar, apoyó una mano en la frente, otra en el pecho y se tiró para atrás. Pensé que se iba a desmayar pero no, fue tambaleando a la cocina a servirse un vaso de whisky y, sin decir una palabra, se encerró en la pieza con dos vueltas de llave.

Yo sólo atiné a entrar a mi habitación; la mente en blanco. No quedaban rastros de Benito por ninguna parte. Lo primero que vi fue la mariposa de madera partida al medio, más lejos la cucharita y al lado el espejo de Pupa roto y con pedacitos de vidrio esparcidos alrededor. Parecía que se hubiera volcado el polvo traslúcido.

Se me hizo un nudo en el pecho, pero en vez de dejarlo tirado lo levanté despacio para no cortarme y fue lo peor. Sentí una corriente eléctrica por todo el cuerpo y me tuve que sostener al suelo porque pensé que me iba a dar algo. Se veía mi cara cortada en tiritas, toda separada, y los ojos enfocaban al techo. Me puse a rezar un Padre Nuestro. Abrí el ropero. Entre la espada y la pared. No quería llevar mucho pero tampoco quería dejar mis cosas abandonadas al azar en Gualeguaychú. Estuve a punto de meter a mis doce Barbies pero, al final, me quedé con una sola, con Yoselín, la morocha, la que peor estaba. Tenía la patita derecha completamente arrancada y le faltaba el pie izquierdo.

Muy confundida. Podía oír los quejidos desesperados de Celia, nuestra ex mucama paraguaya, tirada en el piso de la cocina, revolcándose de dolor. Me sentía acorralada y al borde del abismo, y entonces... Amén, lo vi a él, sonriendo en la tapa del CD "Ricky Martin" como si el mundo no hubiera cambiado. Lo besé y listo. No me quería llevar ningún recuerdo extra. Además la mochila parecía a punto de explotar.

Después de media hora, como no escuchaba movimiento, pegué la oreja a la puerta de su cuarto y grité: "¡Mamá!". Nada. Más fuerte: "¡Mamá!". Silencio. Presentí lo peor. Busqué otra llave, en mi casa todas las puertas tenían la misma cerradura, y entonces me encontré con la escena. Ella en la cama, abierta de brazos, con el vaso de whisky semivacío en una mano y la cajita de Trapax hecha un bollo en la mesa de luz. Se había tomado todas las pastillas de un saque y estaba tipo crucifijo.

Me acerqué al placard en puntas de pie. No quería hacer ruido por las dudas se le ocurriera volver en sí. En una de las puertas, sujeta con una chinche, una foto de mi hermana de cuando teníamos seis años más o menos. Sonreía con carita de ángel, envuelta en su traje de papagayo con alas de colores. Sin pensarlo dos veces la arranqué y me la puse en el bolsillo mientras aprovechaba para recuperar una chalina de seda que me encantaba; arriba un póster enorme de Jairo y ninguna foto mía.

Revisé todas las cajas de perfume y se me iluminó la vida cuando llegué a la de Anais-Anais. Mamá últimamente estaba muy desconfiada y cambiaba de "caja fuerte" todas las semanas. Había dos fajitos de dólares anudados con una banda elástica. "Bingo", pensé, y en un instante se me pasó por la cabeza la imagen de la libertad y atrás estaba el obelisco y me pude ver parada al lado, dueña de mi vida y feliz, con una remera naranja divina con la cara de Ricky gigante. Volví a dejar todas las botellas en perfecto orden y antes de salir le escribí una nota: "Nunca te voy a perdonar. No me busques porque te vas a arrepentir, te odio". Luego firmé con mayúsculas y le di un beso en la frente como si estuviera muerta. Le saqué el vaso de whisky y me lo terminé de un saque.

Huí con las dos llaves, los mil trescientos ochenta y cinco dólares y el perfume en la mano. Gracias a Dios, antes de salir me di cuenta de que el secador de pelo se estaba derritiendo sobre el teléfono. Empezaba a formarse un hilito de humo negro y creo que de haber estado así un segundo más se hubiera incendiado. Afuera, oscuridad total.

Gloria estaba en la calle, sentada en el cordón de la vereda frente a su casa; cuando me vio salir se vino caminando a mi encuentro. Eran las siete. "Te llamé", me dijo superapática y yo "¿hablaste con mamá?"; y ella "Sí", y me reprochó que la dejara plantada en el teléfono. "Perdoname", le dije, "pero cuando te cuente lo que pasó ni te vas a acordar de quién sos", y no le adelanté nada más hasta que estuvimos encerradas en su pieza.

Le conté que Benito me había violado y que después se dio a la fuga, que mamá me quiso asesinar, que la odiaba, y le pedí que se viniera conmigo, que iríamos a lo de Nélida Doménico y a ver todos los recitales de Ricky que quisiéramos, pero ella me contestó que no tenía plata, que no hay trabajo para una renga en la Capital, me pidió perdón, y nos abrazamos llorando a mares porque intuíamos que no nos íbamos a ver nunca más; pero a las diez menos cinco la veo aparecer caminando por el andén de la terminal con el equeco en una mano, el paso cortado, su boina roja y la mochila al hombro.

Subimos al colectivo de inmediato y no estuve tranquila hasta que cerraron la puerta. Habíamos corrido las cortinas; yo intentaba no mirar a nadie, con el equipaje entre las piernas haciéndome la que buscaba algo, agachada, revolviendo mis cosas hasta llegar a mi Barbie morocha. Entonces se la mostré y le dije: "Yoselín nos va a traer suerte". Me caían las lágrimas. No podía dejar de pensar en mi hermana y en la cara de moribunda de mi madre. Probablemente la policía ya había tirado la puerta abajo y se la llevarían al Hospital Municipal para lavarle el estómago. Dos minutos antes de ver a Gloria me había encargado de pedir la ambulancia, transformando la voz con la chalina de seda anudada al tubo. "Soy anónima", dije, "quiero denunciar un suicidio", y se me cortó la voz, pero pude dar mi dirección y repetí tres veces que se apuraran. No podía dejarla abandonada aunque se lo mereciera. Me desgarraba el alma pero sentía mucha más lástima por mí.

Cuando encendieron el motor me imaginé despegando de Gualeguaychú como si estuviera en un avión, aferrada a los apoyabrazos, con los ojos cerrados, disfrutando la realidad sin ella y vislumbrando la salvación.

Gloria ya le había mangueado el *Clarín* al gordo que tenía pasillo de por medio y él le contó que era masajista y que trabajaba en el Sheraton en Buenos Aires. Regordo, decía que se acordaba de ella y de la madre y la miraba mordiéndose el labio de abajo. Un baboso. Yo le pregunté si había visto a Ricky alguna vez. Y como me dijo que no, dejé de prestarle atención. Gloria igual, pero se ve que al tarado le caímos muy simpáticas porque nos dio su teléfono por si necesitábamos algo y ella se lo guardó bien calladita.

Aunque cerrara los ojos con toda la fuerza del mundo me era imposible no pensar; encima, si los abría,

Gloria me enfermaba con su maldita costumbre de explicar cada noticia. Era el único momento en que se largaba a hablar, cuando leía el diario. Pura crítica. Después una tumba.

Al rato pasó el que pide los billetes y tuvimos que revisar todo el equipaje porque ella no encontraba el suyo. Distraída como siempre, lo había metido adentro de la boina y, si no hubiera sido por el masajista, jamás lo habríamos encontrado. "Gracias", ella, con voz de nena, y el otro: "De nada, es que te vi cuando lo metías y...", se ve que le gustaban las sin tetas porque no paró de mirárselas.

"Dame la sección Espectáculos", le dije, "y la de Clasificados también que tenemos que buscar trabajo." Ella no tenía ninguna de las dos, pero me mostró un anuncio que estaba en la parte central: "para tu Barbie", me dijo, y me dio un codazo para que lo mirara de cerca. Leí "Clínica de muñecas", anoté la dirección con el teléfono y ya me parecía, en ese momento, que íbamos a encontrar solución a todos nuestros problemas.

El de los pasajes regresaba para adelante y del bolsillo de atrás le sobresalía una cucharita de metal como las de mi casa, con la boca bien ancha tipo sopa. Se apagaron las luces y nos quedamos a oscuras. Yo me acordé de la foto de mi hermana que me había metido en el bolsillo y la rompí en mil pedazos mientras el chofer se detenía en el último semáforo antes de entrar a la ruta provincial número 12. Aceleramos.

Juro por Dios que en ese instante me sentí más libre que nunca, como si se me hubieran destapado los pulmones. Me veía con la fuerza necesaria, con toda la polenta como para conseguir mi primer trabajo en la Capital, tener un hijo con Ricky y ser feliz de una buena vez.

Gloria encendió la luz, acomodó el diario y a los treinta segundos dijo: "Mañana a las nueve llega Lady Di". Y yo: "¡Qué flash! Pero nosotras vamos a llegar primero, por suerte", y se me vino a la memoria cuando mamá me había comparado con la princesa. Fue una vez que salió en la *Gente* cuando yo iba a cumplir trece años y ella estaba con un sombrero negro de campesina y atrás el nombre del colegio inglés al que asistía, con el pelo soso a lo largo y a lo ancho de su cara de vegetariana. A mí la comparación no me hizo ninguna gracia.

Y Gloria que me interrumpe el odio: "Si la Lady Di llega a saber que Ezeiza no tiene radar, no viene", y siguió hablando sola. La luz caía recta sobre el diario, iluminando la cara de la princesa. Abrí las cortinas. En el medio del campo ya no teníamos que estar de incógnito. La luna estaba casi completa y las palmeras: doradas como en la presentación de "Amo y Señor". Era una noche especial y nosotras íbamos a llegar a Buenos Aires a las tres y media de la mañana. Gloria me preguntó: "¿Qué hay que hacer para que te hagan ciudadana ilustre?"; "Ni idea", le contesté, "siento un olor raro", y me puse a olfatear nuestras cosas hasta llegar al equeco. "Es esto", señalé muy segura, sin tocarlo porque le tenía un poco de idea, entonces ella lo metió adentro de una bolsa de nylon. "Quiero ser ciudadana ilustre", me dijo la pobre. Le contesté que yo quería ser princesa y pasé a encremarme las piernas que estaban resecas.

Después escribí mi nombre en el asiento de enfrente con una birome roja y lo seguí repasando hasta que las letras quedaron marcadas a fuego en el plástico. Fue mientras miraba la palabra "Esperanza" terminada, después de que Gloria repitiera, paso a paso, la tragedia de la fábrica militar de Río Tercero, en Córdoba, cuando pensé que si yo explotaba o me veía envuelta en una nueva tragedia, mi nombre iba a quedar ahí para siempre; me llegaba el olor del equeco, aunque estuviera encerrado en la bolsita de nylon. Y soñé con la Lady Di. Que nos recibía en la terminal de Retiro, que nos donaba su medalla de ciudadana ilustre y que íbamos las tres a tomar una soda al Sheraton y a pesar de que llevaba el mismo sombrero de pana que en la foto de *Gente*, me cayó muy bien y le tuve que dar la razón a mamá. Teníamos un aire en común. Un ventarrón.

2

Soy la única Hóberal que figura en la guía de teléfonos de Gualeguaychú y todo el mundo, pronuncia mal mi apellido. "Hoberol", dicen con o y con el acento al final y yo los corrijo acompañándome con la cabeza y remarcando la acentuación en la primera sílaba. "Hóberal", digo y sonrío y levanto las cejas haciendo de cuenta que no me importa la equivocación. Tratando de que no se note que me da en una teta que lo pronuncien mal.

Nací el mismo día y casi a la misma hora que las hermanas Silvia y Mirta Legrand. Somos las tres de Piscis y estamos marcadas a fuego por el destino. Emprendedoras, fatales, ¡muy humanas!, pero de fierro, y aunque nacidas en años diferentes –yo soy del setenta y siete–, llevamos vidas con demasiadas coincidencias. Tenemos muchas más cosas en común que el hecho de estar regidas por los mismos planetas.

Yo también tenía una hermana melliza, pero se murió en un accidente, así que ahora no tengo con quién compararme. Seguramente ella estaría flaca raquítica, pero quién sabe. La gente engorda de golpe. Yo tam-

bién era un palo y entre los doce y los trece me puse
vaca. Aunque mi hermana es probable que no, ella tenía ángel y se hubiera conservado en forma.

Fue la primera en salir a la luz y, como nadie sabía
que mi madre esperaba doble, a mí me dejaron adentro, envenenándome en la placenta, mientras mi hermana concentraba la atención de todas las enfermeras
de la sala. Parecía una muñequita.

La partera la agarró de los pies, la envolvió en una
toalla y, levantándola, le garantizó un futuro exitoso
como actriz de miniserie y la acercó al póster de la
Radiolandia que estaba colgado en una de las paredes
de la sala. Una foto enorme de la Legrand autografiada
con fibra negra que decía: "para las chicas de cuidados
intensivos, con todo el amor que se merecen" y abajo
"Mirta" y más abajo "chuic" escrito en imprenta.

"Qué coincidencia más linda", dijo la partera mirando el reloj y contando con los dedos ya que como
sólo había siete minutos de diferencia entre la hora del
nacimiento de Mirta y la de mi hermana, cabía la posi-
bilidad de que tuvieran el mismo ascendente. Y volvió
a acordarse del encuentro con la Legrand en los estu-
dios del canal 7, cuando acompañó a su hija para competir en "Carnavalísima '76".

La Municipalidad de Buenos Aires había invitado a
varias comparsas del interior y la avenida Julio Roca,
engalanada para la ocasión, se llenó de sentimiento
entrerriano. Su hija fue seleccionada por la producción

del canal junto con otras chicas; las hicieron bailar, al día siguiente, en el programa de Mirta, tres minutos al final del almuerzo. La partera estuvo en el set de grabación, le dio un beso y ahí Mirta le firmó el póster. Y las enfermeras asentían como vacas recordando lo bárbaro que fue verla aparecer al día siguiente con semejante dedicatoria. Decían tele como si hablaran de Dios. Estaban excitadas.

Y mamá que grita: "¡Enfermera, sigo teniendo contracciones!", totalmente desatendida y con las piernas abiertas todavía; entonces la partera mira a mi madre, baja la cabeza, hace la señal de la cruz acompañándola con un movimiento de cejas para arriba, como alejando los malos presagios hacia el botiquín de primeros auxilios que colgaba de una de las paredes y que sólo tenía pintada la mitad de la cruz roja en el medio de la tapa. Afuera estallaba la peor tormenta del verano y ya se escuchaban los portazos y los suspiros entrecortados por el temporal.

Los internados en el Sanatorio de la Piedad huían de la crecida del río Uruguay que tenía en jaque al resto de la provincia. Habían perdido todo y la esperanza de volver a su tierra se desmoronaba con la tormenta. Lo que menos necesitaban era una lluvia y la gente se ensañaba en comparar la inundación con la del sesenta y seis.

Nélida Doménico, la prima política de papá, que viajó especialmente para mi nacimiento, dice que a partir de entonces lo que era un parto normal se transformó en un infierno. Que mis parientes tuvieron que entrar a la sala para resguardarse de la lluvia y que mi madre, ida, se ponía rígida, como si tuviera espasmos. Que recién logró un poco de paz cuando yo estuve afuera, pero que sólo le duró unos minutos y luego cayó en un semicoma cerebral de casi cuatro horas que le dejó como secuela dolores de cabeza que la torturarían por el resto de su vida. Las parteras tenían miedo de que se les fuera en sangre, pero la atención de todos estaba puesta en mí.

Se quedaron asombrados de que estuviese viva porque había permanecido demasiado tiempo adentro de mi madre. Me apretaban el pecho para limpiarme los pulmones y yo, diminuta como era, largaba líquido amniótico por la boca. Además, temían que me hubiera ahorcado con el cordón. Cinco minutos es demasiado y eso no lo resiste nadie. Salvo yo que, haciéndole honor a mi signo, aguanté y aguanté, como siempre soporté todo en la vida, con una voluntad de fierro.

El viento era tan intenso que para sacarnos de la sala de partos tuvieron que extender un hule de par en par y ponerlo de techo para cubrirnos de la lluvia. Nos envolvieron en mantas y formaron un cordón humano que nos acompañó durante todo el camino, como en una procesión.

En la radio anunciaban que a la noche no habría carnavales, no sólo en Entre Ríos; también habían suspendido los correntinos y el de Brasil parecía marcado por la desgracia: cuarenta y nueve muertos y miles de heridos. Atravesamos las galerías con el paso decidido de la multitud que nos cobijó debajo del plástico hasta llegar a la habitación de emergencia que nos habían preparado.

Cuando descorrieron la puerta de nuestra habitación, se abrieron las ventanas por efecto del viento, golpearon las celosías y la baranda, que estaba floja desde quién sabe cuánto tiempo, cayó al vacío.

Tres metros más abajo, la partera que le había presagiado a mi hermana un éxito de novela se decidía a cruzar en ese instante a la farmacia de enfrente a buscar suero. Estaba vestida con su pilotito blanco, dispuesta a dar el primer paso cuando la baranda de bronce le partió el cráneo.

Pararon el tráfico varias cuadras a la redonda por la gente que se juntó a ver el cadáver. Hacía muchísimo tiempo que no pasaba nada truculento en Gualeguaychú, y la cabeza de la partera, dividida en dos con el cerebro esparcido por la vereda del sanatorio, quedó congelada en la retina del pueblo entero, que apenas amainó el temporal se acercó a verla en vivo y en directo. Miles de paraguas desfilaron por la puerta del Sanatorio de la Piedad el día de mi nacimiento, como si el cadáver de la partera fuese el cuerpo de una princesa.

Fue la primera vez que aparecí en los medios, cuando tenía cinco horas de vida. Si uno mira bien de cerca el recorte del diario *El Heraldo de Gualeguaychú*, donde se muestra la foto de la partera tirada en la calle debajo de la palabra "Piedad", podrá ver a Nélida Doménico asomando por la ventana del primer piso con una remera de hilo peruano y escote irregular al último grito de la moda, conmigo en brazos. Está apenas recostada en el caballete de "Peligro" con franjas negras y amarillas que la policía había puesto en la habitación; derecha como una regla. Atrás se ve mi cara de recién nacida, con la vista apuntando al cielo, perdida y chiquitita como cualquier bebé.

La foto estuvo enmarcada mucho tiempo en la pared de mi pieza cuando vivía en Gualeguaychú. Y al lado, infaltable, un póster de Ricky en la época de Menudo, tamaño familiar. ¡Cómo me gusta Ricky Martin! Él abre la boca y es como si me taladraran la cabeza. Tiemblo. Se me cierran las piernas y me tengo que obligar a pensar en otra cosa o me desestabilizo. Se me cae el sistema. Me nublo y me descompenso. No puedo hacer otra cosa que pensar en él y me pongo a imaginarlo centímetro a centímetro y automáticamente lo desvisto y lo pienso adentro y lo reproduzco entero intuyéndolo con todo el cuerpo, hasta sentir que voy a estallar, y es ahí cuando pierdo el control de las manos.

Desde chica, mamá me remarcaba la conveniencia de serenarse. "Sobre todo vos", me decía, "que sos muy calentona." Y me explicó que era normal que, cuando una melliza se moría, a la otra se le doblaran los sentimientos, en todo. "Control", y se tocaba la frente con la palma abierta y la iba bajando hasta llegar al mentón. "Con-trol", repetíamos las dos frente al espejo de mi habitación como si fuera un rezo más.

Mi hermana melliza explotó a los siete años y por mucho tiempo no se habló de otra cosa en Gualeguaychú. Vinieron de canal 9, de ATC, y canal 13 mandó a "Mónica Presenta". Salió en la revista *Casos* del Paraguay. Sacaron una foto de nuestra casa que parecía bombardeada y al costado una muy chiquita, tipo carnet, de nosotras, con una flecha indicando cuál de las dos se había desintegrado. Pero se equivocaron y la flecha iba directa a mí.

El día de la explosión mamá había ido a tomar mate con los remiseros de la otra cuadra, mi hermana dormía la siesta y yo jugaba sola en el jardín, sola como siempre porque, aun cuando mi melliza estaba despierta, era imposible jugar con ella a nada. Se ponía disfraces de paisana, de india, de pájaro, y recitaba cuatro poesías larguísimas de memoria; las podía decir todas de corrido. Movía las alas. "Queo queo la lorada, viene quién sabe de dónde", decía, y cambiando la voz: "Queo queo le responde el eco de la quebrada", envuelta en su traje de papagayo con alas de colores. Y si había una fiesta en casa, veinte minutos de recitado con aleteo y la típica vueltita por el comedor; nunca se quedaba quieta, parecía una mariposa en cámara lenta y mi padre se desvivía por ella, siguiéndola sin perderse un movimiento, sacándole fotos todo el tiempo; reconozco que a mí el flash de la cámara me dejaba ciega y muy malhumorada. Yo no sabía hacer otra cosa que mostrar mi álbum de mariposas mientras decía los nombres científicos en jeringoza. Poca gracia. Me aplaudían sin ganas. No me alzaba nadie y en un momento no más preguntas y adiós el número porque se cansaban de mí. Y todo por culpa de ella. La odiaba. Por eso vivía jugando sola en el jardín, porque no aguantaba dormir la siesta con esa enana.

Y de pronto una mariposa lindísima que da una vuelta completa por el patio y se va a posar arriba del gomero. Muy grande, con pintas negras y alas con lunares que parecían de terciopelo. Tan difícil de conseguir que fui volando a la pieza de mamá a buscar un alfiler porque si la agarraba con las manos tenía miedo de desintegrarla.

Me acerqué lo más despacito que pude hasta tenerla a dos centímetros y cuando se abrió completamente le clavé de una el alfiler, justo en el medio. Cerró las alas, las volvió a extender y movía la cabeza de un lado para otro al mismo tiempo que le daban como espasmos. Después se quedó estirada y quietita. Perfecta.

Urgente me la llevé a esconder a la habitación.

Mi hermana dormía al lado de la estufa, con los cachetes color naranja por el reflejo y cara de felicidad.

Nunca entendí por qué, si éramos idénticas, ella parecía linda, con los ojos levantados, como si tuviera las facciones apuntando para arriba. La nariz más fina. Además, cuando se reía se le iluminaba la cara y compraba a cualquiera con la sonrisa; la mía sin embargo... bueno, todos mis gestos, hasta en los momentos más dichosos, terminan para abajo. En picada. Y entonces agarré mi álbum de mariposas y me fui.

Pero antes de salir, repavota, tropecé con el caño de la estufa. Trastabillé. El álbum voló por los aires y tuve que poner las manos para no dar la cara contra el suelo. La mariposa nueva quedó destrozada. Mi hermana dormía con la boca abierta como si estuviera desconectada, ajena al dolor y al sufrimiento, y a mí me dolían las rodillas del golpe; no podía dejar de angustiarme con el cadáver deshecho en la palma de la mano. Sabía que jamás iba a encontrar otra igual y a ésa no le quedaban alas.

Había olor a podrido. Pensé que tendría que ser el cuerpito de la mariposa reventada y cuando la acerqué a la nariz me di cuenta de que nada que ver, y mi hermana inmutable con cara de ángel y sumergida en el sueño, en otra dimensión; del odio, en ese momento la veía más pálida.

Como el olor se volvía insoportable, después de juntar las alas que habían quedado aplastadas en el suelo, después de alisar las tapas de mi álbum negro que decía "Mis mariposas" en letras doradas y de persignarme ante mi desgracia, me fui a la casa de la vecina para que me ayudara a recauchutarlas.

El reloj de pared de su comedor era fabuloso; en la punta del segundero había una mariposita silvestre y en la base flores rojas electrizantes y crisantemos blancos que parecían hechos en otra escala. Decía "High Class Quartz" con letras negras y, en la parte de arriba, tenía dos leones de plástico dorado. Me podía quedar horas persiguiendo a la mariposa con los ojos mientras daba la vuelta completa.

Cuarenta y cinco minutos después seguíamos en el comedor tratando de reconstruir las alas con La gotita cuando escuchamos la explosión. Temblaron las persianas, el reloj cayó al suelo y se cortó la luz. La vecina empezó a gritar, se tocaba el corazón. "Fue en la estación de servicio", dijo, y el marido corrió al patio de adelante a echar un vistazo mientras nosotras nos quedamos quietas, muertas de miedo. Rezando. Y yo: "¿Qué pasó, doña Angelita?", y me salía la voz entrecortada como la de Andrea del Boca en "Papá Corazón". La vecina me abrazó con todas sus fuerzas tratando de protegerme y le dije que me dolía el pecho, entonces volvimos a escuchar un estruendo.

El marido regresó con la cara desencajada. Había volado todo. La pérdida de gas llegó a tal concentración que bastó que mi padre, que regresaba molido de cansancio de trabajar, encendiera la luz del comedor para que toda la casa volara por los aires y, con ella, el cincuenta por ciento de mi familia.

Pronto hubo una multitud de curiosos alrededor de los escombros; los árboles del frente estaban negros, sin la copa, parecían fósforos quemados. La sirena de los bomberos alumbraba la calle a fogonazos. No se veía nada, pero se sentía el murmullo parejo, deshilvanado y respetuoso que sólo acompaña a las desgracias.

A mí me tuvieron encerrada en la casa de la vecina para que no me impresionara. Me hicieron rezar un rosario completo con los cinco misterios y después directo a la ambulancia rumbo al Sanatorio de la Piedad junto con mi madre. A ella no le pasó nada. Se salvó de milagro. Tuvo suerte, porque una clienta le había suspendido el turno y, cuando los remiseros de la otra cuadra la trajeron de vuelta, porque aunque estuviera a una cuadra y media se hacía traer hasta la puerta, ya no quedaba nada de lo nuestro. Y nada es nada.

Nos alejábamos en la ambulancia; a través de la cruz transparente de una de las puertas yo podía ver a Inés Saralegui, locutora de Radio Municipal, mover los labios frente al micrófono mirando el lugar de mi niñez como si estuviera poseído. La periodista se hacía cada vez más chica en el centro de la cruz y en ese momento sentí que me había quedado sola, que era la última Hóberal, que lo único que había de nosotras en este mundo era el renglón de la guía de teléfonos que decía:

HÓBERAL PEDRO Rosario 436 21532

3

Mi primer trabajo en la Capital terminó siendo una estafa y una vergüenza para mí. Conseguí que me tomaran de cadeta en la "Clínica Homeopática del Centro" y acepté no cobrar los dos primeros sueldos a cambio de seguir su tratamiento anticelulítico adelgazante. Ya tenía en mi poder una lista interminable de malas rachas con el cuerpo y ellos me prometían la solución definitiva que necesitaba para ver a Ricky en el mega recital en la 9 de Julio. Además venía muy bajoneada después de que me rechazaran para la escuela de modelos de Anamá Ferreira y para el precasting de la película *Evita* de Alan Parker, así que deposité en esto todas mis ilusiones. Pero resultó un chasco: encima de que no me sacaron un gramo, me cagaron porque salí de ahí más gorda y en el folleto decían que si no perdía peso, me reembolsaban el dinero. Puro cuento.

Finalmente, después de hacer todo un quilombo, juntar las pruebas y aparecerme con el abogado de Nélida Doménico, ellos alegaron falta de voluntad de mi parte y me reconocieron apenas el cincuenta por ciento, descontándome el IVA. Pero no terminó ahí.

Me obligaron a firmar un papel donde les daba plena autorización para usar las fotografías que me habían tomado antes de empezar el tratamiento.... jamás se me pasó por la cabeza lo que eran capaces de hacer.

La foto salió en la revista del *Clarín* en mayo del '96. Aparezco de perfil, hasta las rodillas, con los brazos levantados. No se me ve bien la cara, porque los colores son de mala calidad, pero sí el abdomen caído. Arriba está el cartelito del "antes", que queda como si yo lo estuviera sosteniendo con las dos manos. Hay otra chica flaquísima, muy parecida a mí, con la misma tanga negra, que completa la publicidad. Una humillación pública lisa y llana que tendría que encargarme de ocultar en el futuro. Una mancha.

Juré que me llevaría el secreto a la tumba. Me tenían atada de pies y manos, porque ni pensaba sufrir la humillación de denunciarlos y de volver a exponerme, de sentir una vez más el flash de la cámara rebotando en mi carne desnuda. Antes me hubiera suicidado. Y así estuve mucho tiempo, desconsolada y con miedo a salir a la calle, con pánico de que me reconocieran y comentaran en voz alta en el colectivo, "ahí va el 'antes' de la propaganda del *Clarín*". Me hubiera muerto porque yo estoy para otra cosa, no para que me señalen con el dedo.

Con la plata que me devolvieron los de la clínica, me compré una Polaroid y decidí hacer borrón y cuenta nueva, olvidarme del tema y que el capítulo "Homeopática del Centro" tuviera las páginas lacradas en el libro de mi vida. Iba a pasar al olvido como un punto oscuro. Nada más. Liz Taylor dijo eso cuando salió de su primera cura de desintoxicación y yo lo tenía resaltado con marcador fluorescente en mi cuaderno Éxito tapa dura.

Con esa Polaroid 2000 le saqué las mejores fotos a Ricky, en octubre del 96, cuando cantó en la 9 de Julio. Es que soy tan ansiosa que no puedo pasar por la tortura de llevarlas a revelar; lo quería tener conmigo ahí, en el momento, para mirarlo y decirle que me había quedado con él, los dos congelados en ese instante. A veces metía la punta de los dedos en el encuadre sólo para que apareciéramos los dos juntos en la misma foto. Y la 9 de Julio atestada como no estuvo llena en su vida, decían, ni en las manifestaciones. ¡Qué recital!

Gloria y yo nos habíamos contactado con las chicas del club de fans y estuvimos todas juntas en Ezeiza para recibirlo el jueves 31; y fueron ellas las que me ayudaron a desplegar el pasacalle frente al Obelisco y luego frente al Park Tower del Sheraton. Cinco metros y pico de amor. Decía: "Enrique José Martín Morales: Te amo" y firmado Esperanza en letras rojas y amarillas, todo con mayúsculas; le había pegado dos estrellas doradas, una al principio y otra al final de mi nombre, que ocupaba más de la mitad del cartel.

Telefé había instalado una pantalla gigante a la altura de Corrientes y en un momento enfocaron mi pasacalle desde lo alto, tamaño mega, y me morí de excitación. Mi nombre quedaba tan grande que no podía hacer otra cosa que gritar. Todas aullábamos. Me temblaban las piernas; desde arriba éramos doscientas mil argentinas amuchadas alrededor del Obelisco, con el teatro Colón y el Broadway como testigos.

Cuando hacían los primeros planos, la cabeza de Ricky era tan grande que parecía un dios. Era una descarga eléctrica, una bendición, una tormenta de amor, casi un milagro. Yo, muy acelerada, miraba las fotos y no me podía quedar quieta, y las chicas alrededor como locas. No era para menos, él tenía un traje oscuro de pana ceñidísimo, camisa blanca y anteojos negros. Era el tercer cambio de vestuario. Hizo cinco en total. Sentí que me mojaba. Tenía los pantalones superapretados y me puse a caminar en círculos como una leona enjaulada. No sabía qué hacer ni para dónde ir, pero podía imaginarme lo que se venía; el hormigueo entre las piernas, subiendo por la espalda como en línea recta que me hacía estremecer, pero que se concentraba con la furia de un vendaval en el cierre relámpago. Me lo bajé mientras seguía caminando, las chicas miraban la pantalla gigante como si fuera la imagen de Dios en directo. Enorme. Y yo avanzando entre la multitud, tratando de no perderme, pero sin poder pensar. Desesperada. Viendo las fotos que le había sacado con mi dedo en la mitad del encuadre y escuchándolo a él, que me decía: "abrazame" y lo repetía, lleno de transpiración y rodeando la nada con los brazos en una punta del escenario, agachándose para estirar las manos hacia la gente que respondía como nunca. Toda la Avenida se puso a saltar al mismo tiempo y la emoción general era tan intensa que me puse a gritar de placer sintiendo que las manos de Ricky, que veía enfrente en tamaño descomunal, no paraban jamás y me tenían sujeta por los cuatro costados como la chica de King Kong, cantándome "Yo te amé" al oído y sólo para mí. Él se pone un dedo en la boca, toca el micrófono y parece besarlo. Está chivado. Lo enfocan de más cerca, lo veo en la Polaroid, le estampo un beso y a pesar de sentirme desgarrada logro terminar justo con el final de la canción. Plena y feliz, con él agachando la cabeza para recibir los aplausos.

Me llevó más de una hora volver a encontrar a las chicas y el abrazo que nos dimos fue energía pura. El recital había sido un éxito rotundo y todas estábamos muy felices por él. Todas llorando, seguimos apostadas frente al hotel hasta el otro día a las tres y media de la tarde que fue cuando empezó la conferencia de prensa. Una locura.

En un momento le perdí el rastro a Gloria y me puse a charlar con Marisa Mellman, la presidenta del Club Estrella; me contó todos los encuentros que había tenido con Ricky. Siete en total. La odiaba por eso, pero no podía dejar de escucharla y pedirle que me contara los detalles, uno por uno, para ver si ella se había acercado a él tanto como yo. La dejé hablar más de cuarenta minutos esperando muy paciente hasta que terminara para poder contarle *mi* encuentro con él en Gualeguaychú. Y estaba a punto de hacerlo cuando apareció Gloria como loca, me agarró del brazo y me arrastró fuera del alcance de las chicas. Supermisterio total, no me decía nada. Me llevó hasta la entrada lateral donde no había tanta gente y entonces apareció el gordo masajista que había viajado con nosotras cuando huimos de Gualeguaychú y nos señaló a las dos.

La conferencia de prensa estaba a punto de comenzar y él le dijo algo al oído a uno de la entrada, le guiñó un ojo y nos indicó la alfombra roja para que nos metiéramos por la puerta grande del auditorio al mismo tiempo que aparecía Ricky por una de las laterales. Yo me quedé petrificada. Nos ubicaron en la última fila. Había muchísima gente y cámaras por todos lados. No lo podía creer. Él volvía a estar a 20 metros, todo para nosotras porque la conferencia era sólo para la gente de prensa y no había rastros de ninguna de las chicas del Club Estrella.

Durante los ochenta minutos de preguntas estuve tranquila y calladita, pero después levanté la mano y me quedé esperando el turno hecha un manojo de nervios mientras Gloria me codeaba por lo bajo: "¿Qué vas a preguntarle?" y yo tumba total.

Cuando me pasaron el micrófono sentí que me moría y apenas le pude decir, con la voz tembleque, si se acordaba de mí. Él achicó los ojos para ver mejor y me preguntó: "¿De qué medio sos?", entonces yo me paré y le dije: "Me llamo Esperanza. Te vi en Gualeguaychú y te salvé la vida", y él frunció la cara, miró a uno de los que estaban sentados en la primera fila y ahí se me vino el mundo abajo porque en vez de acordarse y darme las gracias una vez más, se sonrió y dijo: "La verdad, no me acuerdo". Y el asqueroso que estaba al lado: "Tantas veces le salvaron la vida". Carcajada general. Fue mucho para mí, no podía creerlo; me sacaron el micrófono de las manos y todo el mundo me miraba de reojo. Gracias al cielo, hicieron otra pregunta enseguida, se desvió la atención y me quedé más tranquila, pero fueron unos segundos apenas antes de que se acercaran dos a pedirme que les mostrara el carnet de prensa; no lo tenía así que me agarraron de un brazo pidiéndome por favor que me retirara del Auditorio. Gloria se hizo la desentendida, dio vuelta la cara y el estúpido que no me largaba apretándome cada vez con más fuerza; no me soltó hasta que estuvimos en la calle. Por suerte me sacaron por la puerta lateral porque hubiera sido un papelón.

Di la vuelta como si nada pero casi me da un ataque de furia en el trayecto. Tenía las manos frías y me vi reflejada en los vidrios de un Taunus. Seguramente él no me había reconocido por el pelo. Me lo tiré para atrás. Lo que me estaba pasando era muy grave y aun muy angustiada no podía odiarlo. Gracias a Dios tenía mi walkman y apreté play y empezó "Yo te amé". Me caían las lágrimas; destrozada. "¿Qué te pasa?", Marisa Mellman tocándome un hombro y la abracé y le conté todo el encuentro con Ricky en Gualeguaychú y por supuesto no mencioné la conferencia de prensa y ella en un momento: "¿Por qué llorás tanto?"; y yo mentí: "porque soy muy feliz".

El ruido del helicóptero que venía a buscarlo nos hizo palpitar el corazón. Las chicas que habían conseguido el dato se peleaban por encontrar un taxi que las llevara a Ezeiza. "¿Venís?", me gritó Marisa, y yo: "Voy a esperar a Gloria", y me quedé unos minutos dando vueltas sin saber qué hacer. Tenía una sola pregunta. ¿Por qué me había tratado tan mal? "¿Por qué, Ricky?", pensaba para mí y apreté play nuevamente para estar con él aunque no se acordara de quién era. La gente iba saliendo de a poco, y yo preferí cruzar a la plaza San Martín. Desde arriba se veía a las pocas chicas que quedaban, enfilando en grupos hacia las paradas de colectivos. Seguí caminando. Me puse a tararear las primeras palabras de "Volverás", tratando de acordarme cómo era el video, haciendo los mismos movimientos que la rubia de pelo lacio que lo acompañaba y trastabillando un poco con los pasos de baile de la parte del coro. Tendría que practicarlo mejor para que me saliera todo de corrido. Y justo aprieto stop y pongo a rebobinar el tema para repetir el ensayo cuando veo el helicóptero asomando por un costado de la torre del Sheraton en dirección a la plaza y pasa bien por encima de mí. Yo automáticamente levanté las manos al aire para saludarlo. Saqué mi pañuelo blanco y no dejé de moverlo hasta que lo vi desaparecer casi llegando a la Avenida. Ya en ese momento intuía que todo había sido un malentendido y que en algún momento me iba a pedir perdón y santo remedio.

Gloria recién se dignó aparecer a las nueve de la noche. Yo nunca se lo pude perdonar. Como si nada, me mostró un cenicero que decía "Sheraton" en letras doradas. "¿Te gusta?", ella, y yo la ignoré completamente y le dije: "¿por qué no saliste al final de la conferencia?", y ella: "me quedé a conocer el hotel". Y yo, que estaba a punto de explotar, le dije que el gordo podría haber hecho algo para que no me echaran y ella recocorita largó: "Damián no podía hacer absolutamente nada" y vació la cartera en la mesa y cayeron un montón de potecitos de dulce de leche, de los que dan en el desayuno. Y me contó que iba a estudiar para ser masajista en una escuela que tenía el cuñado del gordo en Devoto. Casi vomito.

Estuve a punto de pedirle por favor que se fuera de casa, que no se lo tomara a mal pero que necesitaba estar sola por un tiempo, cuando sonó el teléfono y la operadora me dio la gran noticia.

Gloria parecía tocada por los ángeles. Era la ganadora de "El regalo soñado". La camisa de Ricky que sortearon en el concurso de la *TV y Novelas*. Una blanca impecable que usó en el recital y que a los dos días le entregaron en una caja de Armani divina, con lazo de puntilla azul bordeando el envoltorio. Lo único que había que hacer para ganarla era completar el cupón con letra clara y depositarlo en la urna del hall de entrada de la editorial, o mandarlo por correo y aguardar, junto con las casi trece mil chicas de todo el país que participamos, a que el premio se lo dieran a Gloria, que había mandado un solo cupón. Una injusticia. Yo me gasté una fortuna comprando muchísimos números de la misma revista, pero se ve que cuando la suerte está de tu lado sólo se necesita un toque de varita y listo.

Durante la entrega Gloria estuvo muy emocionada y eso a mí me ablandó. Nos abrazamos adentro de la editorial, nos volvimos a estrechar para la foto y terminamos llorando entrelazadas. Reconciliación total, pero la fotógrafa me pidió amablemente que me corriera un poco porque necesitaba una de cuerpo entero para la revista, sólo de Gloria. Le hicieron sacar la camisa y ella se la apoyó en todo el pecho como si la tuviera puesta y yo miré para otro lado porque el flash me hacía mucho daño; el de seguridad tenía unos brazos bárbaros y arriba había tres televisores chiquitos: en uno estaba Gloria, diminuta, en el otro costado estaba yo, y levanté la mano para saludarme, y en el medio se veía la puerta giratoria de la editorial que no dejaba de moverse, impulsada por las fans.

4

Había conocido a mi mejor amiga Gloria Diana De Biasio en el ochenta y cuatro, cuando nos cambiamos de barrio en Gualeguaychú a causa de la explosión que casi me deja sin familia, pero ella ya me había visto en la tele en varias oportunidades. Es que nos hicieron reportajes en todos los canales. Salimos en la tapa de los diarios de medio país. Además "La casa entrerriana del desastre" organizó una colecta y terminamos recibiendo donaciones de todo tipo. Llegaron cajas de Salto, de Paysandú, y la provincia vecina y hermana de Corrientes se portó como nadie. Un matrimonio, que había perdido a su hijita hacía muy poco tiempo en una situación parecida, nos regaló una cama con una mariposa enorme esculpida en el respaldo. Una delicadeza de mueble que pasó a ser mío y todo porque ellos me escucharon decir en uno de los reportajes que me encantaban las mariposas. Aprendí de chiquita que, para pedir, lo mejor es la tele, y no podía creer que a partir de entonces todo iba a ser para mí sola.

Cuando mi hermana vivía, por ser la más feíta siempre me tocaba lo peor. El vestido zurcido, la media rota, la muñeca pelada, el colchón duro. Pero eso era antes. Mi cama nueva venía con mesita de luz haciendo juego y la manivela del cajón era una margarita; el resto lleno de mariposas. No nos faltaba nada. Yo, personalmente, no la extrañaba en lo más mínimo; después de que se murió le cerré la puerta de mis pensamientos , me quedé con la llave y pasé a ser la reina de mi nueva casa y de mi nueva vida.

La anterior había quedado destrozada. Irreconocible como el cuerpo de mi padre después de la explosión. A él lo tuvimos que velar a cajón cerrado pero, por lo menos, lo encontramos y lo pudimos llorar; de mi hermana melliza no apareció nada. Voló entera, con los juguetes y con nuestra ropa. Lo único que se salvó, de milagro, además de nuestro auto, fue una araña de bronce que había sido el regalo de Nélida Doménico para el casamiento de mis padres y que quedó colgada de un árbol como si hubiera sido puesta ahí por el mismo Jesucristo. Perfecta y derecha, con los focos intactos, sin una sola cachadura. De esa araña se ocupó mucho la prensa amarilla. La tapa de la *Casos* paraguaya la calificó de "Sobrenatural", y no faltó quien dijera haberla visto encendida, así, tal cual, con el cable cortado y sin estar conectada a otra cosa más que al árbol de palta.

Una de las personas que decía haber visto la "iluminación" era la madre de Gloria. Ellas vivían en la vereda de enfrente de nuestra casa nueva, haciendo cruz, y el día que nos mudamos, mientras los peones todavía bajaban nuestros muebles donados, Hilda De Biasio nos contó el episodio con lujo de detalles. A ella le había llegado la noticia de la explosión esa misma tarde pero no pudo ir. Después, por la noche, una opresión en el pecho no la dejó pegar un ojo y se levantó a tomar el diurético una hora antes que lo habitual, a eso de las cinco. Estaba inquieta, *zombie*, y en un momento agarró la bicicleta, entró en una nebulosa y ahí dibujó un círculo en el aire con el brazo derecho. Automáticamente se encontró en el medio de los escombros, no se acordaba cómo había llegado hasta ahí. No dejaba las manos quietas. "Yo lo sentí acá, en las palmas", dijo, "como si me las martillaran." Confesó que sólo le pasaba eso cuando se moría un ángel, y la última parte de la frase la dijo por lo bajo, para otro lado, agachando la cabeza, como con miedo de asustar a quién sabe quién. Gloria me miraba de reojo.

La madre parecía inspirada y el entusiasmo fue mayor todavía cuando contó que entre los caireles se veía dibujado un triángulo de luz fluorescente justo cuando ella estaba ya a unos tres metros de distancia. "El milagro", pensó, y no pudo contener la emoción. Se sacó los zapatos para atravesar los escombros sin importarle que hubiera vidrios rotos y clavos sueltos. Le temblaban la mandíbula y el pecho. Tres palomas se acercaron del lapacho de la casa de al lado y revolotearon en círculos alrededor de la lámpara moviendo los caireles. A ella le parecía escuchar música, tenía los ojos nublados de lágrimas, y las palomas que se metían adentro mismo de lo que ella cree era la presencia de la Santísima Trinidad, "infaltable", según remarcó con la cabeza y con los brazos, "en los funerales de ángeles". Mamá la miraba extasiada.

Gloria me hizo señas para que la siguiera y nos fuimos a su casa. Me quería mostrar el conejito de indias que su padre había encontrado cerca del hospital de niños y la verdad es que era horrible. Parecía una rata peluda sin cola, "¿y por qué se llama Chaqueta?", le pregunté. "¿No ves?", me dijo levantándolo, señalando la parte marrón del pelaje. Realmente parecía una chaqueta corta con botones y todo. Muy feo colocado en una caja de cartón al final del pasillo de entrada a la casa, justo donde comenzaba la escalera y había una imagen de la virgen de Lourdes colgada en la pared tipo santuario con techito, rodeada de velas y flores de plástico de todos los colores. También había un muñeco que estaba lleno de bolsas de nylon diminutas y yo le pregunté: "¿quién es?".

"El equeco", y me contó que ella no era de Gualeguaychú, que hacía un año se habían venido de Salta y que allí ese muñequito es el que trae la suerte para el lado de uno, tocándose el medio del pecho y cruzando los brazos como la madre.

Nos fuimos a dar una vuelta manzana con Chaqueta en brazos. Gloria tenía piernas perfectas y el culo paradito. Me comentó que su madre estaba ensañada en encontrar pruebas para justificar un milagro, que esto era una tradición de familia. Que su abuela ya había intentado lo mismo, que llegó a juntar los seis requisitos indispensables para que un hecho fuera considerado milagroso, pero que cuando lo logró, la conferencia episcopal agregó uno nuevo, le rebotaron el milagro y su corazón no lo pudo soportar.

"¡Qué intensa es tu mamá!", le dije yo.

"¡Qué linda que es la tuya!", respondió, encogiéndose de hombros y, no sé por qué, sentí lástima por ella. Era un poco petisa pero muy angelical, tenía carita de Barbie latinoamericana. La remera azul le hacía juego con los ojos. Un único defecto: la voz de flauta. No le pegaba para nada, por eso ella trataba de no hablar. Siempre se hacía la calladita y era yo la que desembuchaba. Era yo la que le mostraba mi corazón y ella solía escucharme interesada, con los ojos abiertos, poniendo cara de pavota y diciéndome a todo que sí.

Enseguida nos hicimos amigas y empezamos a vernos todos los días. Nos encontrábamos después del colegio para mirar "Dos vidas y un destino", con Rita Terranova y Juan Leyrado. Inseparables, hasta en la hora de baile. Teníamos la misma edad, el mismo nivel de impopularidad en la escuela y, en ese momento, entre las dos contábamos con una colección de seiscientas sesenta y cinco fotos del grupo Menudo. Pero era yo la que tenía un autógrafo de cada uno de ellos. Me los había conseguido Nélida Doménico cuando los vio de casualidad en un hotel en Estados Unidos, tenían dedicatoria personalizada para mí y, mientras ellos triunfaban por el mundo, yo los guardaba en mi *secretaire* bajo llave y se los dejaba ver a muy pocas personas. Gloria fue una de ellas.

Casi terminábamos de dar la vuelta manzana cuando a ella se le ocurrió que alzara a Chaqueta para mostrárselo a mamá; aunque me daba un poquito de asco, acepté. Me dio miedo apretarlo demasiado porque parecía muy blandito y el estúpido se me escapó de las manos. Salió disparando hacia la calle, con tanta mala suerte que justo pasaba un remís y gracias a que yo pegué un grito de desesperada, el morocho que iba adentro atinó a frenar. Gloria estaba pálida. Quedaron las huellas marcadas en el medio de la calle y el conductor se bajó de inmediato para ver qué había pasado, pero a Chaqueta no lo vimos nunca más. "Seguro que se murió de miedo y se escapó por ahí, ya lo van a encontrar", dijo él, señalando la boca de tormenta al tiempo que le alargaba la mano a mi madre que había llegado corriendo junto con la de Gloria.

"Benito, para servirla", y tenía la voz tan ronca que mi mamá lo invitó a tomar un trago para que se olvidara del mal momento.

A partir de ahí la recuperación de mamá fue enviadiable. Es que ella nació para estar con alguien al lado. Y si era joven mejor. A los seis meses de la explosión

Benito le enseñó a manejar; cuando mi madre cobró el retroactivo del subsidio por catástrofe, compraron un Renault 12 para trabajarlo en sociedad y él dejó la remisería. Legalmente, porque se pasaba la mayor parte del día en la agencia. Llegaba a casa a eso de las once de la noche y yo me tenía que ir a dormir. Mi pieza da al comedor donde está la tele y desde allí veía perfecto lo que hacían.

Benito era igual al de la serie Mc Gyver en morocho. Tenía todo negro y se revolcaban en el sofá y mamá mordía los almohadones para no gritar. O si no él se la metía en la boca y era el único momento en que ella se quedaba muda. Aunque apagaran la luz del velador, se los veía por el reflejo de la tele y también la brasa de los cigarrillos que encendían cada tanto les tiraba una luz naranja como de rayo láser. Yo me ponía bizca de tanto forzar los ojos en la oscuridad.

Cuando Gloria se quedaba a dormir en casa no podía creer lo fuerte que estaba Benito. Lo comparaba con su papá y le daban ganas de llorar. "Tenés una suerte", me decía. No podíamos dormir de la inquietud y nos abrazábamos tratando de imitar a Benito y a mi madre.

El padre de Gloria era fotógrafo, borracho, correntino, tenía un dedo cortado por la mitad y la madre daba clases de danza en el garaje. "Clásica, folklore y comparsa", se leía en el cartel pintado a mano que colgaba en la puerta de la "Academia De Biasio".

Éramos las mejores alumnas y solíamos terminar en pareja porque se nos veía muy bien juntas. Ella morocha y yo bien clarita. Las dos bailábamos tan bien que llegamos a competir en una prueba por el primer papel en el acto de fin de año. Estábamos en quinto grado, y las dos queríamos hacer de Sissy Emperatriz.

Gloria tenía que bailar primero, respetando el orden alfabético. Se ataba las zapatillas una y otra vez. Se comía las uñas, le picaba todo el cuerpo. No podía quedarse quieta, pero los nervios se le fueron cuando subió al escenario, que le daba seguridad. Instintivamente sacaba la cola y parecía dos años mayor. Ganaba en soltura, y además esa tarde estuvo como nunca. Hasta mi madre aplaudió. Pero mientras Gloria se movía como una gacela en el escenario, me dijo al oído que el papel me lo iban a dar a mí, porque seguro que sus padres no tendrían plata para comprarle el traje. Un disfraz carísimo para el papel de emperatriz, todo tul, abajo abuchonado y la parte de adentro de tafeta, con perlas colgando, además de guantes de raso y corona. "Si no tienen ni para pagar la luz", me dijo, y se puso a aplaudirla. Era verdad, porque la madre de Gloria siempre se quejaba de que no le alcanzaba con la Academia y por eso hacía trabajos extras, como leer la borra del café, tirar las cartas, deshacer gualichos y hasta hablar con los muertos.

Me tocaba bailar a mí. Mamá me había hecho un rodete y parecía una bailarina clásica pero empecé a temblar. Cada vez que subía a un escenario, lo mismo. No sentía las piernas y el corazón iba a mil. Creía que mi hermana quería apoderarse de mi cuerpo porque no soportaba que yo también pudiera moverme con gracia, y que, aunque estuviera muerta, me vigilaba desde algún lugar del universo, entonces la única manera de alejarla era sacudiéndome hasta sentir que me la había quitado de encima. Pero esa tarde parecía ensañada conmigo. Casi no me dejó bailar y al final le dieron el papel a Gloria.

Mi madre no podía creerlo. Me miraba con ojos de querer achurarme pero no decía nada. Se tomó un whisky en la cafetería y estuvo diez minutos fumando hasta que juntó fuerzas para hablar con la directora del colegio. "Es la única hija que me queda", le dijo, "y necesito verla vestida de Sissy. Para mí va a ser como si mi…" y ahí se le cortó la voz: "usted sabe lo de mi otra nena, ¿no?", y me levantó el mentón con la mano para que pudiera apreciarme mejor. Y cuando se recuperó: "esa chica no puede hacer de princesa. Desde cuándo una Sissy tan morocha, con voz de pito", y yo, viendo lo que se venía le rogué: "Por favor, no llores, mamá", pero no hubo caso y aunque la directora también se echó una lágrima, el papel siguió siendo de Gloria, al menos por ese día. La directora se dio el gusto de mostrarnos el retrato de Sissy Emperatriz con el pelo supernegro y enrulado que le llegaba hasta más abajo de los hombros. "Muy fea", fue el comentario de mamá mientras me pasaba la mano por el pelo tirante y aclarado con manzanilla de mi cabeza de perdedora.

Con esa tristeza, me contó que estando embarazada se apoyaba una foto fantástica en la panza, una que tenía de cuando había salido reina del carnaval en el setenta y tres, donde está toda de blanco y con una diadema de brillantes falsos espectacular. Entonces se concentraba en la panza para que nos invadiera esa gracia que a ella la había llevado a estar en lo alto de la carroza y durante tres años consecutivos como bastonera. Y me acariciaba el pelo y me decía que me quería. Era el único momento en que mi madre se fijaba en mí, cuando lloraba. Yo era muy feliz y nos abrazábamos, pero después ella seguía tomando y se enojaba mucho cuando yo le pedía que parara, sobre todo cuando le vaciaba la botella en la pileta de la cocina y entonces sopapo, llantos y terminábamos muy mal.

Al rato, hablando por teléfono con una clienta, le confesó, creyendo que me había ido a jugar a lo de Gloria, que yo nunca iba a llegar a nada, que toda la naturalidad que debe tener una bastonera la tenía mi hermana y hasta habló de injusticia divina cuando se refirió a cuál de las dos había decidido el Señor llevarse al cielo, y se puso a llorar una vez más como si no hubiera nada que pudiera calmarla.

Esa tarde Gloria y yo hicimos un pacto de hermandad. Nos pinchamos el dedo gordo de la mano izquierda con un compás, juntamos nuestra sangre, nos miramos a los ojos y nos juramos amistad para toda la vida, aunque ella bailara mejor que yo y aunque mi madre la odiara porque había ganado el papel de Sissy. Teníamos los dedos juntos; en el televisor estallaba una tormenta feroz con relámpagos y truenos. Estábamos viendo un capítulo de "Los ángeles de Charly", nuestra serie preferida. Sabrina y Kelly habían quedado atrapadas en medio de un temporal.

El mismo día, volvíamos del mercado haciendo carrera por Almafuerte. Ella ganaba como siempre. Además yo tenía puestas mis eskipis nuevas transparentes y no quería destrozarlas. En la esquina de Ponteagudo, Gloria se puso a correr más rápido para sacarme ventaja y justo en ese momento vi una mariposa diminuta de un naranja rarísimo y por supuesto que me distraje y paré un segundo para verla de cerca pero Gloria siguió corriendo a todo lo que da y entonces tuve que gritar con toda la fuerza de mis pulmones: "¡Sabrina, no!", porque escuché el motor de un auto que venía a toda velocidad y presentí lo peor; la estúpida miró para atrás tipo cámara de cerca y, no entiendo cómo, tropezó, dio una vuelta carnero perfecta en el medio de la calle y un Mercedes Benz con patente de Buenos Aires la golpeó en el momento en que terminaba la voltereta, pasándole dos ruedas por encima de la pierna derecha. Después se dio a la fuga, dejándola boca abajo con los brazos abiertos.

Gloria estuvo seis meses enyesada, un año más en rehabilitación, y le quedó el fémur astillado. Entonces pasó lo que tenía que pasar: como ella no podía hacer de emperatriz, el papel me lo ofrecieron a mí.

"Yo y el espíritu de mis hijas estamos presentes", le dijo mi madre a la directora. Tenía puesto un tailleur negro con hombreras que la hacía superflaca. Anteojos oscuros, maquillada hasta las tetas y con el pelo hecho un riñón que se transformaba en una trenza en forma de serpiente, fotocopia de la *Para Ti*. Una princesa con el sobre negro de gamuza aplaudiendo en primera fila al borde de las lágrimas. No era para menos. La obra fue un éxito. Todo Gualeguaychú en el salón de actos. A Gloria la trajeron alzada y la sentaron en fila cero con las muletas a un costado. Ya no le dolían tanto las piernas pero tenía el cuello muy rígido y, aunque todavía llevaba la muñeca vendada, en un momento ella levantó el dedo que nos habíamos pinchado; yo hice lo mismo y fue nuestro saludo secreto desde la platea al escenario. Ella lagrimeaba. Yo también.

Mi traje no tenía desperdicio. Llevaba perlas hasta en el pelo, todo rizado y con incrustaciones; bien peinado de época, aunque estaba más parecida a la de *Flashdance* que a una emperatriz. Obra de mamá que entró eufórica y se sentó al lado de la madre de Gloria y gracias a eso empezaron a llevarse mejor. Sobre todo cuando se enteró de que Hilda De Biasio además de tirar las cartas y encontrarse con la Santísima Trinidad se comunicaba con los muertos. En esa época había vuelto a tomar y día por medio escuchaba la voz de mi hermana recitando. O estaba sentada lo más tranquila después de depilar y de pronto sentía llanto de criatura desesperada y gritaba "¡Fuego, fuego!" y era Benito en la cocina que acababa de encender un fósforo. Así que se terminaron los fósforos, las estufas y la antorchita del hogar en nuestra casa, y a partir de entonces usamos Magiclick.

5

Yo quería ser la primera en tener el último CD de Ricky, y la única manera de lograrlo era haciéndome la rata al cole. A la hora de entrada Chorus, la única disquería de Gualeguaychú que aportaba material como la gente, estaba a punto de abrir.

Había tenido que dar la vuelta manzana para que la madre de Gloria no me viera salir de casa. Yo iba de incógnito y ella, en la vereda, trapo rejilla en mano, conversaba con la vecina pero pendiente de todos los movimientos de la cuadra. Esperé un instante y aproveché que pasaban unas viejas para meterme entre ellas y confundirme. Era una mañana cualquiera pero, no sé por qué, tuve la sensación de que todo Gualeguaychú había salido a la calle. Y de pronto el pueblo entero se transformó en un gran testigo que podría declarar en mi contra.

A las nueve menos cinco estaba escondida detrás del mástil de la Plaza Municipal, observando la persiana de Chorus, nerviosa como si asistiera al estreno mundial de una película de Hollywood.

Tenía puesta una pollera plisada sujeta a la cintura con una franja elástica y una blusa de mangas largas; parada detrás del poste, porque la hora coincidía con el primer recreo de mi colegio. Chorus quedaba justo enfrente de la puerta de entrada, y si me pescaban podían llamar a mamá y se armaría quilombo. Ella sólo me dejaba faltar cuando yo me hacía la enferma, me tiraba para atrás como si me dieran calambres en el estómago, contraía los músculos y entonces, al minuto, me daba fiebre. Y mi madre, enternecida, me permitía seguir durmiendo.

Esa mañana me había quedado tapada con la colcha hasta la nariz, con cara de sufrida y un té de ajos para bajar la temperatura. Ella, superfresca con todas las pilas recargadas. El problema de mamá era a la tarde, después de las seis, cuando se le terminaban las clientas, durante esas dos o tres horas en que esperaba a Benito, porque se ponía ansiosa, y primero era un trago para relajarse, pero después otro, y no había fin. Ahora, si hay que reconocerle algo, es que al otro día, una lechuga. Se levantaba a las siete y media para hacer gimnasia con la María Amuchástegui frente al televisor. De lejos parecían gemelas; además, tenían el mismo jogging.

"Vuelvo en una hora más o menos", me dijo y prometió traerme una Novalgina. Cuando me tocó la frente le pregunté si la fragancia que tenía puesta era el perfume nuevo que le había mandado Nélida Doménico. Me contestó que sí, y lo pronunció como se lee, oliéndose la otra mano: Anais-Anais. La Doménico también había mandado un portacosméticos Pupa importado divino lleno de cajoncitos y yo siempre sospeché que era un regalo para mí y que mi madre, sin ningún tipo de remordimiento, se había quedado con él, abiertamente. Gracias a Dios, el tiempo me dio la razón. No me gusta desconfiar de nadie porque sí.

Mamá encerrada en el fondo de casa no se enteraba de nada. A la mañana sólo hacía depilación y por la tarde uñas y maquillaje. Tenía que empezar muy temprano porque, según ella, era el mejor momento para trabajar. "Después del mediodía los poros se cierran y la piel se lastima", era su lema. Además ella se liberaba de toda la energía negativa con las clientas y se concentraba tanto en cada zona que tenía un promedio de al menos cincuenta y cinco minutos con cada una. Tiempo de sobra.

En un momento vi que alguien se acercaba a la puerta del colegio a mirar para afuera. No distinguía bien pero cuando caminó unos metros me di cuenta de que era Gloria. Después del choque, ella estuvo seis meses con muletas. La llevaron a Paraná y la hicieron ver por un especialista pero, "si quieren que la chica quede bien", dijo el médico, "hay que hacer la estética, no queda otra". Y se tuvo que acostumbrar a la renguera nomás. La familia lo único que podía hacer era consolarla: si sacaban el bonoloto la iban a emparejar. "Si sobra te hacemos la nariz a vos", me decía la mamá, que terminó trabajando para la Eucaristía de Cristo en busca de ayuda para su hija.

En cuanto a mí, estuve todo el tiempo al pie del cañón, acercándole los deberes día a día y con tardes enteras dedicadas sólo a ella. A Gloria le encantaban los *Cuentos para Verónica*, pero como no podía sostener el libro yo se lo abría en la página por donde iba; y se los hubiera leído con gusto, pero no se cansaba de decir que yo no hacía pausas y un montón de cosas más, porque siempre tenía algo para criticar. También llenábamos los tests que venían en las revistas femeninas y, una vez, completamos uno para medir la amistad y ella me mató porque me puso un "dos" en "genialidad" y un "uno" en compañerismo y esas notas, además de bajarme el promedio de amiga, no me cayeron nada bien. Pero Gloria era así. Imprevisible y aunque hubiera pasado mucho tiempo desde el accidente seguía teniendo dificultad para caminar.

Ahora se adelantó unos pasos y cruzó la calle. Se la notaba inquieta. Ella no podía correr el riesgo de que le pusieran amonestaciones, porque ya tenía diez. Se paró en el medio de Almafuerte y le pasó el radar a toda la plaza, como si fuera la mujer biónica, pero por supuesto que no me vio. Yo quietita detrás del mástil.

El día antes, hasta último minuto yo le había dicho que a la salida del colegio compraríamos el disco juntas y bla bla bla, pero no pude con mi ansiedad; y ella, conociéndome, sabía que iba a estar ahí a las nueve en punto para ser la primera y la única en tenerlo.

Se me paró el corazón. Por tratar de esquivar a Gloria casi me ve la de biología. Iba con una cara de amarga que espantaba. Pálida como siempre y gracias a Dios, apuradísima y distraída, si no, me hubiera visto. A último momento logré darme vuelta y me recosté en el mástil quedando de espaldas, nada llamativa, supernatural. Gloria había desaparecido, por suerte, y pude respirar más tranquila. Además sin guardapolvo una parece más grande. Mientras la profesora pasaba con cara de piedra, con un broche de plata espantoso y el maletín negro, puteé contra Gloria y su maldita costumbre de espiar. En la esquivada se me había enganchado la media de la pierna derecha en un alambre y se me corrió hasta la rodilla. Eran mis medias preferidas. Unas Reina Cristina nuevas, finas, que habían costado un ojo de la cara y que me hacían las piernas reflacas. Por un momento juro que la odié.

Mi profesora subía la escalera de entrada con su rodete negro, perfecto, justo cuando sonaba el timbre de volver a clase; como si todo estuviera cronometrado, escuché el motor de la persiana de Chorus y me imaginé que se levantaba el telón del paraíso.

Crucé la calle con la espalda encorvada, ocultándome la cara con el pelo. En esa época lo llevaba largo y alisado porque quería estar igual a Catherine Fullop en "Abigail". Y como iba mirando para abajo lo primero que vi fue su pera con barba de tres días en el póster de la promoción; la boca inmensa, brillante, los ojos bien abiertos como todos los capricornianos. Me tuve que controlar para no gritar; Titina, la vendedora, ya me había visto y me lo señalaba con las uñas larguísimas y pintadas de verde agua.

Sin sacar la mano del picaporte, le grité: "Apurate que me van a ver", pero no pude aguantarme mirar para el colegio y estoy segura de haber visto a Gloria que escondía la cabeza rapidísimo como un avestruz.

Entré y, "por favor, Titina, ponelo ya". Perdimos casi diez minutos porque a la estúpida no le funcionaba el sistema central hasta que por fin sonó en cada rincón y en cada hueco de nosotras y, como estaba al mango, nos pusimos a gritar las dos al mismo tiempo y terminamos llorando al final del primer tema. Ella, aunque hubiera lagrimeado un montón, quedó impecable porque tenía una cobertura en el cutis marca Tsu que me pareció lo más de lo más, y la tapa del disco me volvía loca y sólo me pude quedar a escuchar tres temas porque ya eran las nueve y veinte, hora de volver a la cama justo a tiempo para meterme entre las sábanas y escuchar a mamá subir las escaleras, agotada.

"Lo que más me molesta de Ester", dijo, "es que me deja la cabeza cargada, ella tiene la energía negativa toda en Marte, muy densa", y sacó el termómetro del estuche: "levantá la pierna, nena", lo mojó con un poco de saliva y me lo metió en la cola. Yo quietita. Me tocó la frente: "Seguro que te subió la temperatura", y fue a hacerme otro té porque ella todo lo solucionaba con infusiones.

Con el termómetro puesto, la espera me pareció una eternidad. Tenía el CD de Ricky entre las sábanas y el nuevo de Madonna y el último de Luis Miguel, que en realidad no me gustaba nada, pero cuando Titina se ponía loca me dejaba hacer cualquier cosa y entonces yo aprovechando agarraba lo que hubiera a mi alcance, y eso era todo lo que había podido manotear.

"Estás toda transpirada", me dijo mamá cuando volvió, y no era para menos. Treinta y ocho y medio. Ella se puso a bajar la temperatura del termómetro en el aire, a los sacudones, y después esa maldita costumbre de olerlo y decir: "Bien". Le grité: "No seas chancha, mamá", y sacó una Novalgina del bolsillo y me la metió en la boca. Por las dudas la tragué. Me sentía muy exaltada y tuve que esperar diez minutos hasta que llegó su segunda clienta para poder terminar de escuchar los nueve temas que me quedaban.

A mí la Novalgina me tumba. Cuando desperté, mamá hablaba con Celia en la cocina. Iba a hacer un mes que ella estaba con nosotras, y aunque hubiera venido recomendada a mí no me caía nada bien. La veía sucia, contestadora. A pesar de que mamá la obligara a bañarse con Espadol todas las mañanas, daba la sensación de no estar limpia y punto. Estoy segura de que me revisaba los cajones, y en el mes que estuvo en casa me arruinó tres remeras. Además, cada vez que Gloria venía a visitarme la hacía esperar en la calle. En un momento no aguanté más y le grité: "¡Paraguaya bruta!", y ella me contestó: "¡Ñoqui con tuco!". Simplemente fue demasiado. Yo detestaba que me dijera eso, porque era lo que nos escribían en el portón de casa. Se referían a que nosotras cobrábamos un subsidio mensual por catástrofe que mamá consiguió gracias a una "conexión" en la Municipalidad. La dejé hablando sola, deseándole lo peor, y cuando vi la oportunidad de demostrarle quién era la dueña de casa no tuvo otra que quedarse con la sangre en el ojo.

Nosotras mirábamos "Abigail" y ella, que seguía "Pobre diabla" a la misma hora, se quedaba sin verla. Al principio me rogaba que nos fuéramos a lo de Gloria pero, como le dije un millón de veces, era su horario de trabajo. Así que durante el tiempo que limpió en mi casa se la tuvieron que contar.

No la aguantaba más. Esa mañana que estuve "enferma" subió a preguntarme si quería que hiciera la pieza y le prohibí la entrada. Tenía desplegado el póster que traía de regalo el nuevo CD y quería estar un tiempo a solas con él. La boca enorme. El pelo enrulado y largo le quedaba mortal. Los ojos bien abiertos y la sonrisa infaltable. Me encantaba, y a los diez minutos ya moría por tenerlo pegado en la pared. Entonces para hacer un poco de lugar decidí sacar unas fotos de Menudo bien caches que ya no me gustaban nada y traje la escalerita para subirlas al armario y me encontré con el bolso azul eléctrico donde guardaba a mis Barbies cuando era chica. Me produjo como un escalofrío y quise verlas a todas de nuevo, con sus pelos de colores y sus vestidos de fiesta, y cuando logré agarrar las manijas sentí algo raro porque el cierre estaba abierto de par en par y yo nunca dejaba nada abierto. Lo bajé y esparcí mis Barbies por el suelo, ya con un mal presentimiento. Doce en total, todas regalo de Nélida Doménico que las traía de Estados Unidos, y ante mi cara de sorpresa y de espanto, me las encontré sin piernitas a algunas y a otras con el pie totalmente arrancado o con señales de maltrato.

En ese instante pasaron miles de cosas por mi cabeza y pude imaginarme perfecto quién era la autora de semejante maldad. Juro por Dios que reproduje mentalmente la escena de cuando lo hacía y que la vi arrancando cada patita, haciéndolas sufrir una a una.

Con el bolso de las Barbies, hecha una furia, pero bien calladita, bajé el escalón que separaba el living de la cocina. Celia ensimismada con los platos, de espaldas, escuchando radio Asunción. El locutor comentaba el pronóstico meteorológico para el fin de semana y después dijo: "Son las tres y media de la tarde en todo el país". Caminando sigilosa y con toda la bronca concentrada en los hombros, le pegué flor de bolsazo, al tiempo que le gritaba: "¡Paraguaya hija de puta, maldita!", y ella se caía en el medio de la cocina mientras yo le seguía dando.

La historia no terminó en ese momento; ya recuperada, la traidora quiso hacer la denuncia y, gracias a que Benito tenía un amigo en la comisaría, le tomaron una declaración que después tiraron a la basura, y se hizo justicia.

Llamé a Gloria y se vino volando. Me dijo que, un par de días antes la paraguaya quiso hablar con su madre, que justo no estaba, y ella le vio una bolsa rara en la mano. Le parecía que eran las patitas de mis Barbies.

Y yo: "¿Por qué no me dijiste nada, Gloria?".

Y ella: "Porque no estaba segura y no quería condenar a nadie". Y se largó a llorar.

Yo tampoco tenía consuelo, pero junté fuerzas para contarle los pormenores de la pelea. La paraguaya por supuesto que lo negó todo y hasta le había echado la culpa a ella. Gloria no lo podía creer y me abrazó y nos acordamos de cuando recién nos habíamos conocido, cuando nos pasábamos horas frente a la tele con las muñecas, arreglándoles los peinados. Le encantaba hacer de peluquera y yo les cambiaba el "look". Ella con la suya, pero no era una Barbie verdadera. Era una Tammy que, en vez de vestiditos de tela, tenía unos de un material que parecía hule. Y jugábamos a que la Tammy era una prima del campo que venía a visitar a las chicas de la ciudad, modernas, con uniformes para el colegio, trajes nuevos, cortes de pelo diferentes y entre todas la transformaban en una supermodelo top.

Más tarde, ya calmadas, nos juramos de nuevo amistad eterna, que nos íbamos a defender de cualquiera que quisiera separarnos y meterse entre nosotras. Y aunque Gloria tenía una mirada muy extraña, me besó en la boca y yo me dejé.

6

Fue Nélida Doménico la que por fin me abrió la puerta grande de la televisión y me dio mi primer trabajo como la gente. Ella tenía una agencia en Monserrat, donde reclutaba extras de telenovelas, azafatas de eventos y risas de programas: el 13 de agosto del '97 entré por primera vez a un estudio de grabación. Me acuerdo que me gasté entero el rollo de doce sacando todo, los micrófonos, las cámaras, el tablero de sonido. Lloré. Parecía soñar despierta. Estaba excitadísima. Tenía un pantalón superajustado. Un bolso enorme de paño con dos paquetes de Rumba, el secador de pelo y un sombrero fucsia de Gloria que hacía juego con la camisa. Lo había llevado por las dudas tuviera que cambiar de "look", pero me resultaba tan chillón que no me animé a sacarlo de la cartera. Era un sombrero igual al que le había visto a Angélica Durán en su novela anterior a "La condenada". Me encantaba Angélica Durán, siempre hacía de mala. La *Teleclick* la había caratulado como "la mujer de las tres efes: flaca, famosa y frívola", pero yo la admiraba.

A veces me confundían con ella. Nélida Doménico me dijo que tenía un aire a la Durán, pero la nariz no.

"Ya sé", le dije, y ella: "el pelo, idéntico". Después, como en secreto, bajando la voz aunque estuviéramos las dos solas, empezó: "Lo que sí, estás un poco…". Yo la paré en seco porque no necesitaba un comentario de ese tipo en un momento tan difícil para mí y me adelanté poniendo las manos en la cintura: "ya lo sé. No me lo digas. Estoy haciendo todo lo posible", y ella, un ángel, cambió de tema y me ponderó el maquillaje de la nariz. Agrandada, le confesé mi técnica y le pasé todos mis secretos, y ella: "Sacaste la muñeca de tu madre". La miré tan mal que me tuvo que pedir perdón, y yo: "no, no es nada, pero prefiero que no me compares con ella", y levanté un portarretratos de su hijo que había en la repisita y le dije: "Es re parecido a …. " y ella me cortó: "¡Shhh!", con un dedo apuntando a la puerta y señalándose una oreja, y nos tuvimos que poner al día porque las dos necesitábamos saber hasta los más mínimos detalles de todo. En eso éramos iguales.

"Estás bárbara", me dijo para terminar, prometió volver a regalarme una Pupa y me bajó un poco el escote de la remera. Ahí nomás sacó una carpeta del escritorio y adentro, metida en un sobre, estaba la foto que había salido en *El Heraldo de Gualeguaychú*, donde se la ve conmigo en brazos y recostada en el caballete de "Peligro", con su remerón de hilo peruano. "Este era de un color fabuloso", dijo mencionando el trajecito, y me contó que ya no los hacían tan bien como en esa época. "Otro corte", agregó, mostrándome lo mal que le quedaban ahora en la parte de atrás. Cuando yo me di vuelta para mostrarle mi propio problema con el culo, ella me puso la mano en el mentón, me hizo levantar la cara y dijo, como inspirada por los astros: "Yo a vos te tengo mucha fe, Esperancita", "mucha", repitió, y se le llenaron los ojos de lágrimas. "Yo te veo", dijo remarcándolo con las manos como en abanico, "Esperanza Hóberal", y puso mi foto abajo del cartel que había dibujado en el aire. Por eso me mandó a la lista de espera de Telefé y al mes me llamaron para "La condenada".

Mi primera escena como extra fue en un bar de utilería, en una de las mesas de atrás. Esperaba nerviosa a un hombre X pero se me veía reflejada en un espejo casi en primer plano. A mí no me costó meterme en el personaje porque el pantalón me ajustaba que no podía más. Al cierre me lo tuve que subir acostada y de a tramos. No entendía cómo había hecho para ponérmelo a la mañana. Estaba imposible de los nervios y, con la camisa fucsia prendida hasta el final, me sentía ahogada. Cuando se accionó la luz roja y gritaron silencio, entré en pánico; me temblaban las manos. El flaquito encargado de los extras me dijo que escribiera una carta, como para hacer algo; si no podía, que garabateara el nombre del chico al que esperaba. "Mové las manos", fue la consigna, y yo reobediente escribí una "equis" tamaño baño que ocupaba la hoja entera de mi cuaderno y traté de llenar los bordes de la letra con mariposas y flores. Me era imposible. Se me empañaron los anteojos del calor y empecé a chorrear transpiración. Tuvieron que interrumpir la escena por mí. Desde un altoparlante, el flaquito de los extras gritó: "Maquillen a la gorda de la mesa diez que se le notan las gotas de sudor". A mí la palabra sudor no me gusta y ese comentario me cayó muy mal. Me pareció fuera de lugar, pero aprendí que en el ambiente de la tele las cosas son así y, como yo había entrado palanqueada, no quise hacer una escena, por lo menos delante de las cámaras. Me quedé impávida en la silla del bar hasta que vino la maquilladora a arreglarme de nuevo. Me pasó un algodón por la cara y me puso dos pinceladas de color. Había un silencio horrible en el estudio, como si estuviéramos grabando. Saqué el sombrero fucsia de mi carterón de paño y me lo puse sin preguntar a nadie. Me retoqué la nariz con mi propio corrector. Le eché una mirada frenética al flaquito de los extras y nada más. Quedé divina.

Por suerte Angélica Durán no estaba en esa escena porque ahí sí que me hubiera muerto de vergüenza. Recién coincidí con ella al tercer día de grabación, en el baño. Fantástica. Se ve que le maquillaban los ojos tipo almendra para que diera más mala. Yo hipercholula me acerqué y le dije mil cosas. Tenía una piel bárbara. Ella me ponderó el pelo. Se miró horas en el espejo y se fue.

Apenas salió me puse a copiarle los gestos y la postura del cuerpo. ¡De dónde sacaba tanta gracia, tanto carisma! Pura producción, porque linda no era y, de altura, como yo. Me tapé el hueso de la nariz con un dedo mientras ensayaba la postura derecha, con las piernas abiertas, una más adelante que la otra, las tetas al frente, sacando apenas pecho y con el mentón ni levantado ni caído, recto.

Al final de la grabación me acerqué a preguntarle si era cierto que conocía a Ricky Martin. Ella me contestó que no le gustaba hablar del tema pero ultrasencilla me dijo: "un día de estos invitame a tomar un café y te cuento algo". Me cayó rebién, muy simpática, tierna; le saqué una foto con la Polaroid, la última que me quedaba, la que viene extra en los rollos de doce y que guardé especialmente para ella. Quedó divina. Está mirando a cámara y el pelo le cae perfecto a los costados como si se lo hubiera arreglado el coiffeur. La sonrisa impecable y los dientes parejos.

Esa misma tarde la pegué en la lámina de corcho y le puse una flor al lado. Éramos idénticas. Dos gotas de agua.

La próxima vez que la vi parecía otra. Llevaba anteojos oscuros, labios y uñas pintados de un naranja raro, que en Buenos Aires no se veía en ese momento, y un sombrero lila con una guarda de rombos. Repetía letra con su asistente. Diva total.

Yo entraba por la puerta giratoria hecha una piltrafa, hiperansiosa, y tenía anudada al cuello, de pura casualidad, una cinta ancha de terciopelo de un violeta muy vivo, parecido al de Angélica, pero más chillón. Me lo ponía para que la mirada de la gente fuera directo ahí. Después para llegar a las tetas no había más que bajar tres centímetros; y para cuando llegaran al final ya se habrían quedado flasheados con mis lolas. Ahora, si se les ocurría empezar por el culo perdía. Me era imposible achicar caderas. Ni la banda "Fardy" que le hizo bien a todo el mundo me dio resultado: a mí me daba alergia y me salió una franja roja a lo ancho de la cintura que parecía culebrilla. A esa altura ya creía que lo mío era una maldición, que me había quedado traumatica después del asunto con la Clínica Homeopática del Centro. Además, después de llorar nueve horas seguidas sin respiro delante del póster de Ricky, de sentir cómo lo amaba, de angustiarme por no tenerlo conmigo, de tener que sobrellevar ese agujero negro que se me instalaba en el pecho y que por momentos parecía expandirse como el de la capa de ozono, sin esperanzas de recuperación, no podía hacer otra cosa que tragar y tragar y tragármelo todo. De la misma forma en que me había devorado media docena de facturas y el último número de la *Teleclick* mientras venía para el canal. La edición nueva había salido a la mañana y estaba en mi cartera, llena de lagrimones.

Cuando vi a estas dos a un costado del set central me quedé petrificada, ni siquiera pude bajar a los lockers a dejar mis cosas. En ese momento quería acercarme, arrancarle a la Durán el guión de las manos y preguntarle a los gritos si era verdad lo que decía la *Teleclick*.

"Todos los extras de 'La condenada' al estudio 3", dijeron por el altoparlante en el momento en que me decidía a acercarme. "Mesa 10", me gritó la maquilladora –la gente de planta me había bautizado así después del incidente en el bar–, "¿viste un muerto o qué?", y ahí reaccioné. Congelada y dura a un metro y medio de la puerta giratoria. "Al estudio que te esperan", siguió y me hizo movimiento de apurate con las manos. "Y con ésa no intentes hablar", apuntó a la Durán, "porque se le inundó el camarín y está como loca."

"No sabés cómo estoy yo", le dije, pero ya se había ido y no me escuchó. Tuve que juntar todas mis fuerzas para llegar al estudio tres. Me estaban esperando.

Cuando terminamos de grabar a ella todavía le quedaban un par de escenas. El tiempo suficiente como para comer algo e ir hasta la cochera del canal. Compré seis empanadas de carne y me las engullí de un saque. Me limpié las manos en el techo de su auto y me senté a esperarla. Sacaba la *Teleclick* de la cartera y no hacía otra cosa que mirar su foto y odiarla. No podía dejar de pensar qué le iba a decir, o cómo se lo tomaría ella. Me sentía perdida, tendría que estudiar previamente mis palabras porque con Ricky la última vez no me había ido nada bien. Me puse a revisar mentalmente las frases de famosos que tenía en mi cuadernito, pero no me convencía ninguna.

El anuncio de la TTA (Terapia Térmica Acelerada) ocupaba toda la contratapa y me puse a completar el formulario. Debía hacer algo con mi cuerpo. Marisa Mellman me había contado que era buenísima y que ella logró bajar cinco kilos sin esfuerzo. Venía el maniquí dibujado con unos círculos alrededor de las zonas rebeldes. Las mías: ocho en total. En ese momento me di cuenta de que, con mi físico, me iba a costar el doble de plata, ya que cada cuatro puntos cambiaba el precio. La página siguiente de la *Teleclick* era una señal. Esta desgracia le podía tocar a cualquiera. Hasta Rafaela Carrá estaba deforme, y yo no quería terminar así. La Durán se dibujaba en cada página, como un holograma, invitándome a tomar un café, y Ricky en la disco de Gualeguaychú diciéndome "Gracias, cariño", dándome un beso todo transpirado y alejándose. Y luego, en la conferencia: "Tantas veces me salvaron la vida", en medio de la risotada general. Y Angélica que no llegaba y yo con mil interrogantes.

Quería preguntarle además, y esto no tenía nada que ver con la revista, si era verdad que se drogaba. Me lo había contado Irma, la maquilladora del canal, la única persona con buena onda en ese lugar. Me contó que a veces, a la Durán, cuando le trabajaba la cara, tenía que hacerle un masaje para que se relajara un poco. "Famosa, flaca y falopera", había dicho, acordándose del reportaje que salió en la *Teleclick*. Irma no se callaba jamás; juntaba color en el pincel, tomaba coraje y seguía criticando. Cuando se le metía alguien entre ceja y ceja soltaba todo. Me chusmeó que en un par de oportunidades le había tenido que dar un lexotanil de doce miligramos, de la pena que daba esa mandíbula. Yo no entendía muy bien por qué pero prefería que me hablara de Ricky. Lo había maquillado siete veces. ¡Siete, como la Marisa Mellman! Me pareció exagerado. Me hubiera muerto. En ese momento quise ser maquilladora. Pensar que yo lo había tenido para mí sola una vez en la disco de Gualeguaychú y quedé tocando el cielo.

"Divino", me dijo Irma volviéndome a la realidad, "recachondo."

"¿Qué es cachondo?", le pregunté, y ella dijo: "Sexy, nena", y se mordió el labio de abajo y miró el espejo como si lo estuviera viendo. Yo también.

"¿Y sabés con quién perdió la virginidad?", siguió ella, y ahí se me cortó la respiración. No estaba segura de si quería saberlo, temí no poder soportarlo, pero mis labios repitieron débilmente: "¿Con quién?". "Con una argentina, nena", y siguió maquillándome pero ya no le pude seguir haciendo caso. Me puse a repasar todas las fotos que tenía en la memoria para ver con quién podría haber sido, y al final de la búsqueda, todos los dedos apuntaban a una sola persona.

Angélica me vio en la cochera y se sobresaltó. Venía como flotando. Sola, por suerte. No tenía un mechón fuera de lugar. Estaba perfecta. Los labios retocados, los hombros derechos. Cambio de vestuario total. Una chaqueta a cuadros de un turquesa que si se lo pone cualquiera le queda vomitivo pero en ella era fantástico. Hay gente que nació para ponerse cualquier harapo y quedar espléndida. Angélica Durán era una.

"Vos sos del canal", me dijo ella casi preguntando y se sacó los anteojos.

"Claro", le contesté. No podía creer que no se acordara quién era. Yo de por sí doy vistosa, y la gente se acuerda. "Soy Esperanza Hóberal", le dije. "Estoy en la novela y el otro día estuvimos conversando en el baño y me dijiste que te invitara a tomar un café…"

Y ella con cara de estar en la luna: "Disculpame pero no me acuerdo de haberte dicho nada. Además no me gusta hablar de mi vida privada con gente que no conozco", y al "no conozco" le puso una pausa haciendo un movimiento de cabeza que de haber estado al lado se la hubiera enderezado de un sopapo. "Control", pensé mientras la miraba fijo, con la misma cara de yegua que ponía ella en "La condenada".

Angélica tenía una voz horrible. Fue ella la que me había insinuado lo del café, y ahora que yo accedía le afloraba el estrellato. Di la vuelta porque estábamos auto de por medio y me puse al lado; ella no encontraba las llaves.

"Tranquilizate", le dije. "Lo único que quiero es saber si esto es verdad." Y metí la mano en la cartera y ella se quedó mirándome con los ojos bien abiertos, tipo almendra; entonces empuñé la *Teleclick* y le mostré su foto saliendo del Sheraton por la cochera de servicio. Y las letras amarillas que decían: "¿A quién visita la Durán ?".

"Son todas mentiras", se defendió mientras revolvía la cartera negra carísima que parecía no tener fondo. En el intento desesperado por encontrar las llaves, se le cayó al suelo un sobre. Instintivamente me agaché y no resistí la tentación de leer todo lo que pude. Decía "2 invitaciones" y a un costado el logo de "Chakira", la disco de Palermo. Empecé a atar cabos. Irma me había contado que esa noche había una fiesta en una disco, que no se acordaba el nombre, pero que seguro tenía una "ka" en algún lugar. La agarré de la muñeca y le dije: "¿Vas a ir con él a la fiesta o no?", mientras le apuntaba con el sobre que tenía en la otra mano.

Ella dijo después de un forcejeo: "Salí, nena", y abrió la puerta con una soltura y una gracia que me partió el alma de envidia. Antes de entrar, tiró un "loca" que me tocó en lo más profundo del corazón. Se encerró en el auto, prendió el motor y después apoyó los codos en la bocina sin soltarla y me tuve que escapar como una fugitiva por la puerta de servicio. Pero me di el gusto de gritarle "drogadicta" y de meterle tres puñetazos al capot antes de salir corriendo. Por suerte me había quedado con las invitaciones.

Llegué a casa enceguecida. La cabeza me funcionaba a mil. Había venido caminando desde el canal y era muy tarde. En el camino me comí otras tres empanadas salteñas. No podía parar de pensar y de desearle lo peor. De haberla tenido un segundo más al lado mío le hubiera arrancado los aros de un tirón. Cómo era posible que un día estuviera tan bien, tan ubicada, y al otro día que nos vemos se le cae la careta y aparece este divismo de cochera de canal. "Conmigo no se juega, Angélica Durán", pensé mientras me hacía unos rulos en piloto automático, como fuera de mí, arrastrando por toda la casa el odio que me había producido la Durán en el cuerpo. No me podía quedar quieta. Me puse a ordenar la cocina y no me concentraba, aparecía la cara de la estúpida en la caja de fósforos, en la pava, en el caldito Knorr, diciendo "No te conozco" con su vocecita gangosa, "No me gusta hablar de mi vida".

"Te hubieras elegido otra profesión", le grité al paquete de yerba. No podía creer que me hubiera gritado "loca". "Mirá que hay cosas y cosas para gritarle a alguien, pero eso... ¡eso no!", y seguí hablándole, como si la tuviera enfrente. Sentía opresión en la cocina, así que me fui al lavadero. Necesitaba mantenerme ocupada, hacer algo, y por momentos las pupilas de Angélica se transformaron en las dos oes de "control". ¡Estaba paranoica! Agarré mi bata recién planchada y me fui corriendo para la pieza, huyendo de mí misma.

Cuando prendo la luz de la habitación y la veo con esa carita de buena de hacía un par de días en la lámina de corcho y me miro al espejo, me doy cuenta de que con la angustia que me brota de los ojos no estoy parecida ni a ella ni a nadie que conozca, y la drogadicta sonriendo con una chinche verde en el marco blanco que deja la Polaroid. Entonces, copiándole la sonrisa de falsa profesional, me acerco, sostengo una punta de la foto con la yema del dedo gordo, pego el tirón con la otra mano y la parto por la mitad. En seco.

Juro por Dios que escuché ruido de vidrios rotos y que vi cómo la cabeza se le hacía teta contra algo metálico y a lo lejos empezaba a sonar una alarma con toda la furia. Al instante me sentí mejor. Veía más nítido, como si me hubiera puesto colirio; ligera como después de haber llorado quince horas seguidas frente a un póster de Ricky. Liberada.

Me quedé mirando la lámina de corcho pero sin verla, jadeando. Respiraba hasta el final. "Para mí te moriste en este mismo instante", me acuerdo que pensé, y no podía dejar de imaginarla partida al medio con su chaqueta a cuadros.

Estaba así, con la foto en la mano tocándome el pecho y con la cabeza en la nada, cuando sonó el timbre. Pensé que venían a detenerme. Que seguro que la cochera del canal tenía una cámara y habían filmado todo y el timbre volvió a sonar y yo corrí a la cocina, desesperada, y abrí la ventana no sé para qué porque no me iba a tirar y las luces fluorescentes de las propagandas de la calle titilando mientras escucho la voz de Gloria que me grita desde afuera y recién entonces me acuerdo de que a esa hora volvía de Gualeguaychú. Respiré aliviada y le abrí, con el pedazo de la instantánea en la mano.

"¿No es la foto de la Durán que tenías en el corcho?", fue el primer comentario que hizo la bicha. "No", le contesté tajante, y ella: "Ayudame", y me señaló un cesto de mudanza que estaba al lado del ascensor, "me lo regaló la vecina del tercero", y yo: "Está re mugriento", y me sentí aliviada de que no preguntara nada más.

Ella traía una caja de zapatos forrada en un papel celofán muy vistoso, con rombos naranja y lila. "¡Qué buen papel!", exageré mientras empujaba el cesto. "La Durán tenía un sombrero con un motivo igual." Dije: "¿Qué es?", tratando de sonar interesada, y no sé por qué en ese momento se me apareció la imagen de la "Saginata" en la cabeza, el cadáver de la lombriz enroscada en el fondo del frasco con formol en el libro de biología de primer año, bajo el título "Tenia Saginata", y ella en el frasco enroscada como todas las lombrices muertas. Gloria me volvió a la tierra con un: "Pavadas", y sacó una libretita de adentro de la caja y me contó que pensaba hacer una lista con todas las clientas que atendiera, ahora que ya estaba en su etapa de prácticas y que había conseguido su primer masaje pago. Y yo: "¿Con quién", y ella: "Con la del tercero". Se sacó la campera y abajo tenía la camisa Armani de Ricky que decía "Exchange" en letras blancas, a un costado del bolsillo. No podía creer que se la hubiera puesto para viajar. "Es bárbara", dije, y se la toqué. Gloria tenía olor a perfume de varón: "¿Con quién estuviste?". Y ella: "Con nadie, me trajo Damián en su camioneta nueva", con cara de estúpida. Entonces le conté que esa noche iría a una disco invitada por la Durán y que ella me iba a presentar formalmente a Ricky. "¿Adónde?", me preguntó sacándome la mano, incrédula y muerta de odio.

"Perdoname", le dije, "pero le prometí a Angélica que no se lo iba a contar a nadie." Y me metí en el baño. Se me estaba haciendo tarde.

Por supuesto que había llevado la cartera conmigo, adentro estaban las invitaciones para "Chakira" y no podía confiar en Gloria en lo más mínimo. Estaba tan cambiada que parecía china. Se vestía con calzas negras y chatitas. Hasta los ojos se le habían aindiado un poco. Yo, si no la hubiera conocido de toda la vida, habría dicho que el gordo además de darle el curso acelerado le estaba lavando el cerebro o algo así. Cambiada a tal punto que ya no se quería poner la plataforma. Cero taco o alpargatas, no había otra opción. Mamá se hubiera muerto de verla. Insulsa, y todo el santo día hablando de la respiración, y del cuerpo. Y yo ya tenía que convivir el día entero con el mío y en ese momento no quería hablar de él. El agua me pegaba en la cara; me quedé en una nebulosa de vapor tratando de no pensar.

Gloria abrió la puerta y se metió en el baño. "Tengo que mear", dijo, y me contó que había visto a mi madre; la paré en seco: "No me cuentes nada", le dije, "sólo decime si hiciste lo que te pedí", y a ella se le cortó el chorro y después de una pausa me contestó que sí y salió sin pasar por el bidet. Rarísimo.

Me quedé en cuclillas tratando de no pensar. Le había pedido a Gloria que llamara a casa para hablar con mamá, que sin decir quién era dejara el mensaje: "Si hubieras estado en tu casa el día de la explosión por ahí se salvaban". Sólo eso y punto.

Terminé de ducharme sin tener la menor idea de qué me iba a poner. En blanco total.

7

El 31 de agosto del '93, exactamente para el noveno aniversario de la explosión, mi hermana melliza se comunicó con mamá a través de Hilda De Biasio, en Gualeguaychú. No era la primera vez que intentaban un contacto, pero antes no habían logrado sintonizar y las sesiones terminaron en la nada. Igual mamá en ningún momento se dio por vencida. Desde que la foto de Hilda apareció en la terminal de colectivos tamaño póster anunciando el sermón principal en el Templo de Cristo, empezó a creer en todo lo que ella le decía, sobre todo si estaba relacionado con el mundo de lo espiritual, tema en el que, según los comentarios del pueblo, era una experta.

Además el pronóstico meteorológico para el 31 daba inmejorable. Que fuera viernes, que fuera el tercer intento y que la tormenta de Santa Rosa estuviera tan atrasada, era de buen augurio para Hilda.

A las siete y media mamá salió de casa con una botella de whisky disimulada en la cartera. Tenía un turbante negro y turquesa a cuadros, polera de algodón a rayas y pantalón de lana. Ridícula. Me hice la que no la veía. Cruzó la calle y se metió en la academia. Esperé un rato para seguirla. El cielo estaba pesado. Le pedí a Santa Rosa que por favor esperara un día más para mandar la tormenta, que era muy importante para mí, pero aunque yo miraba las nubes con toda la fuerza, como para deshacerlas, no me tenía nada de fe, se estaba poniendo muy oscuro.

Gloria, en el patio, al borde de la escalera, sentada en su lugar preferido comiéndose las uñas debajo de la virgen de Lourdes. "¿Y mamá?", le pregunté. "Ahí", me contestó moviendo las cejas, señalando el cuartito de la planta alta adonde atendía Hilda. Habían querido reformar esa parte de la casa y les quedó la obra por la mitad. Gloria dormía en el cuarto más grande, sin revocar, y al lado la madre hablaba con los muertos.

Me senté un escalón más arriba que ella, quedando al mismo nivel que el equeco. Había un olor raro, como a cementerio. Prefería toda la vida las flores de plástico de antes. Por lo menos no largaban ese olor a casa de velatorios y como eran más grandes, de paso tapaban al muñeco de la suerte, que era espantoso. Mirándolo bien de cerca se parecía un poco al padre de Gloria, pero nunca se lo comenté.

"Dejá de comerte las uñas", le pedí en un momento y ella nada, concentrada, leyendo el último de Louise Hay como si fuera una novela de misterio. Entonces escuchamos un "Nena, contestá", salido de la boca de mi madre en un volumen innecesariamente alto. Gloria levantó los ojos. Entonces otro grito traspasa la puerta y los límites de mi paciencia.

Yo detestaba que mamá hiciera el numerito en casa ajena. Estuve a punto de subir y decirle que mi hermana estaba muerta, que dejara de gritar y que el turbante la hacía vieja. Pero entonces Gloria, que me veía venir, me agarró del puño y me hizo señas para que fuéramos a probarnos ropa a la pieza de la madre, donde había un espejo de cuerpo entero.

"¿Querés Tang?", me preguntó. "Bueno", le dije, y ella: "Servite y para mí también", y se metió en el baño. Hasta ahí todo divino, pero al incorporarme no sé qué movimiento hice, la cosa es que me fui para adelante. Tuve que sostenerme en el altarcito y de pedo logré agarrar el florero, pero no pude con todo y el equeco cayó al vacío. Se me paró el corazón. Contraje todos los músculos de la cara y sólo esperaba el ruido del muñequito haciéndose trizas en el suelo, pero gracias a Dios, abajo había un balde lleno de agua sucia. Agradecí a la virgen que Gloria no me hubiera visto, sacudí el equeco con ganas y traté de acomodarlo detrás de los claveles para que no se notara que se había mojado.

Serví Tang para las dos y me quedé esperando sentadita en la cocina. Me lavé las manos varias veces pero así y todo sentía un vaho mezcla de trapo rejilla y lavandina. Horrible. Cuando Gloria salió del baño tenía un olor a pucho que espantaba. Yo con cara de asco: "¿Estuviste fumando?". Y ella: "nada que ver". La miré fijo porque sabía muy bien lo que yo pensaba de las fumadoras, pero me lo tuve que tragar, ya que necesitaba urgente un préstamo de ropa. Algo killer total para la noche.

Ya tenía la cabeza lavada y mamá se había encargado de depilarme a las nueve y media de la mañana pero faltaban las uñas. No podía creer lo flaca que parecía estar. Fue mi mejor época. Se me notaban los dieciséis años en todo el cuerpo. Las tetas bien paradas, y aunque no haya sido el momento en que más flaca estuve, se me marcaban los huesos de la cadera. No entiendo cómo pude aguantar cinco días sin comer nada. Jugo de limón y mate. Diosa, pero se me había adelgazado la cara y los pómulos se me afilaban resaltando la nariz. Me ponía un dedo en la mitad del hueso y entendía que no era grave en comparación con esos ganchos que se ven por ahí, con una pequeña cirugía se arreglaba volando. Pero, por el momento, disimulaba con corrector: la zona del costado bien delineada, apenas un toque en la punta, una pasadita por el hueso, otra por debajo de los agujeros, mucho polvo traslúcido, y el resultado era asombroso.

Cuando Hilda terminó la sesión con mi madre tenía unas ojeras como si hubiera estado hablando con Satanás. Le temblaban las manos y se tuvo que recostar en la cama un minuto mientras nos probábamos las minis.

Yo estaba muy curiosa y le pregunté si habían hecho contacto. "Sí", me dijo, re ida; me puse derecha: "¿Qué les contó, Hilda?". Y ella con mucha paciencia, aunque estuviera medio descompuesta, me explicó que le prestaba el cuerpo a mi hermana. "A la entidad", dijo, "pero la cuca se me pierde. Me quedo en blanco"; se agarraba la cabeza igual que mamá y tenía la respiración pesada como si le costara desembarazarse de los restos de mi melliza. Entonces le preguntamos casi a coro Gloria y yo: "¿Va a llover?". Y no nos pudo contestar porque se quedó profundamente dormida.

Durante ese contacto mi hermana le usó el cuerpo a Hilda, primero para recitar una poesía bárbara de Khalil Gibran y acto seguido para acusarme de la explosión. "Esa mujer está loca", dijo Benito, que por lo bajo le decía la "FM-muerto". Y mamá, arrodillada en el medio del comedor, me miró y dijo: "No puedo esperar... si tengo una hija...", y pronunció el "asesina" tan para un costado que casi no se escucha, "...quiero enterarme ahora mismo, en este momento", y se hizo la señal de la cruz agachando la cabeza como entregada. La luz del comedor le daba de lleno en la nuca y tenía todo el pelo recogido adentro del turbante. Un mamarracho.

Yo ya estaba pintada, vestida y con las uñas a medio hacer. Benito había aprovechado un descuido de mamá para hacerse humo. Él detestaba los conflictos y ella seguía repitiendo lo mismo; se había levantado del suelo y estaba ahora en el sofá, dando lástima. Me agotaba la paciencia. Borracha y a la vez llorando: imposible entenderla, y se me estaba haciendo tarde, ya tendría que haber estado más que lista. Las uñas perfectas, pero todavía me quedaba un poco de olor a queso de rallar en la mano que me hizo acordar, como en cámara lenta, al equeco cayendo sin que yo pudiera hacer nada para salvarlo. Le dije a mamá: "¿Por qué mejor no te arreglás el maquillaje que está todo corrido". Palabras mágicas. "Tenés razón", me contestó, y giró la cabeza, mirándose al espejo. Después preguntó: "¿Y Benito?", y se asombró de no verlo.

Yo no podía esperar más. A las diez tocaba Ramón en la Iglesia de Cristo y había que estar. Iba a ser algo imponente, charango, bombo, y venía de invitada la hermana de Daniel Toro. Yo con una mini de cuero negro y tanga. Un tajito en cada pierna y la remera lisa préstamo de la madre de Gloria.

Hilda empezó trabajando para la cooperadora del templo, pero al poco tiempo ya era parte de la Eucaristía de la Oración. Sufría tan bien en público que en sólo tres meses pasó a dar el sermón principal de la noche. Gloria, ella y yo nos íbamos caminando juntas un rato antes. Las tres por la avenida Almafuerte, con la columna derecha y la cara en alto, Hilda practicando el sermón. Éramos el comentario cuando pasábamos por la terminal, y en el templo nos quedábamos charlando con los músicos y oradores que eran más de diez.

Ramón cantaba en casi todos los intervalos. La voz más ronca y pegajosa de Gualeguaychú frente a nosotras el viernes a la noche. Él, a los gritos: "¡Aleluya!". Y la multitud: "Estamos en el camino de la salvación". Atrás el cartel con focos que titilaba: "La gloria del Señor bajará los brazos sobre nuestra esperanza". Enorme. Yo no le podía sacar los ojos de encima. A Ramón se le marcaba la mandíbula con el spot verde que le apuntaban a la cara. Entonces empezaba una canción nueva, y él secándose la frente con la manga de la camisa de rayón negra ajustada que le quedaba mortal. No podía quedarme quieta, mordiéndome el labio de abajo, haciendo fuerza juntando las rodillas. Gloria, siempre de reojo, cuando estaba a punto de gritar me apoyaba la mano en la pierna para que me calmara en el momento justo.

Sospecho que a ella también le gustaba Ramón pero nunca me lo quiso confesar y se guardó el secreto calladita, como hacía con todo. Maquinando sola y haciéndose la buena. En el fondo sabía que Ramón jamás se fijaría en ella. Él me miraba a mí. Era obvio, y lo confirmé esa noche en el patio del templo. Después de cantar, lo acompañé a fumar un cigarrillo. Eran las once y media de la noche. La madre de Gloria había subido al escenario. Estaba intensa y empezó muy exaltada. "Te vamos a limpiar de la desgracia y de la podredumbre", dijo, y eso significaba que teníamos un descanso de quince minutos más o menos. Ramón no me decía nada, fumaba mirando las estrellas. Pusieron la música de perseguir al Diablo con la mente. Yo no hacía otra cosa que repetir un único deseo y agradecer a Santa Rosa que me procuraba ese momento de distensión al aire libre. Gloria se asomó por la puerta y al ver que estábamos compenetrados se fue. No pudo ocultar la cara de orto y desapareció. La madre invocaba el nombre de Satanás y la gente a los gritos, como echándolo. El órgano bien fuerte. No había una sola nube.

Cuando Ramón dio la última pitada, se ve que mi mensaje rebotó en el Universo de Dios y entonces él me dijo que tenía media hora para felicitarlo y yo, sorprendida, le pregunté por qué. A mí jamás se me pasa el cumpleaños de nadie y menos el suyo. Se puso serio, se quedó pensando y me largó que era el día de su santo con un tono de desilusión que me hizo sentir horrible; quería volver el tiempo para atrás.

Aprovechando el momento de angustia, me agarró de los hombros superfuerte y me dio un beso. Sentí su mandíbula adentro de la boca, sus brazos rodeándome la espalda, y me enamoré de él por todo lo que había hecho para conquistarme. La madre de Gloria sonaba más fuerte todavía. "Siento que te hicieron un trabajito", decía. "Has sido víctima de la fatalidad, hermano." Y atrás el órgano. Ramón tenía el micrófono en la cintura y me apretaba tanto que me sentía ahogar. "Satanás, vamos a matarte y no vas a volver", escuché, y él que me pasaba la lengua por el paladar. Y yo pensaba para mí: "Esto es mentira", no podía creer lo que me estaba pasando. "Gloria a Dios. Buscá ayuda que ahí estaré", dijo Hilda y se puso a dar los horarios de visita de la semana siguiente. No nos quedaba mucho tiempo. Yo flotaba. Sentía a Ramón en todo el cuerpo. Cuando se separó, vi que no era el micrófono sino la pija lo que le sobresalía por arriba del cinto. Morada, y se movía sola. No podía dejar de mirarla, hipnotizada al máximo, y entonces apareció la madre de Gloria. "Ramón", le gritó con gesto de apurate, y él hizo un movimiento rápido, en dos segundos volvió a estar en su lugar y nadie vio nada; yo sentí que era mi Hombre Nuclear.

Hilda lo acompañó hasta adentro sin hacer un solo comentario más que "abrochate la camisa, nene". Y él me dedicó un tema desde el escenario. No dio nombre ni nada, pero dijo: "Para vos", levantó el brazo derecho y miró hacia donde estaba yo recostada contra la pared, oliéndome las manos y recordándolo en cada centímetro de la palma. Tenía un desodorante fabuloso, muy sexy. No me podía quedar quieta. Tampoco podía encontrar a Gloria por ningún rincón. Necesitaba contárselo todo. Necesitaba desahogarme.

Esa noche Ramón me llevó a casa y conversamos en la puerta hasta las tres y media de la mañana, que fue cuando finalmente se largó la tormenta. No paraba de besarme. Me tocó las tetas todo el tiempo. Y se ve que yo estaría desprendiendo algo sexual, alguna sustancia, porque no sólo Ramón se puso loco sino que los hombres al otro día se daban vuelta para mirarme cuando me cruzaban por la calle. Hasta a Benito le pasó algo fuera de lo común.

Estaba tirada en mi cama tratando de dormir un rato antes de la novela cuando apareció mamá con las llaves del auto en la mano y vestida como para salir, mascando chicle; se le notaba en la cara que había estado tomando. Tenía una entrega de mercadería con las coordinadoras de Avon y acto seguido un turno con el Dr. Lottito, que seguro le recetaría algo para los nervios y para la jaqueca. Se había puesto un tapadito espantoso, mamá no era mujer para tapadito. Poco cuello. Encima, cada vez que se maquillaba borracha se pintaba los labios más chicos y se aumentaba diez años. "Bueno", le dije, "pero que Benito me conecte la tele acá en la pieza." Me sentía re chancha, había comido medio plato de tallarines y, como eso estaba fuera de mi dieta, la culpa lo multiplicaba por mil. Además a Benito le encantaba encargarse de la tele y de cualquier cosa relacionada con la electricidad.

En tres minutos estuvo en mi pieza. No tenía puesta la camisa y se le notaba el tatuaje en el brazo, una serpiente enroscada en un palo santo que parecía el logotipo de la "Farmacia Sindical" pero que a él le quedaba fantástica. Yo, casi en cuclillas, recostada en la cama con las piernas abiertas. Justo empezaba la novela, así que cuando estuvo bien sintonizada él se acomodó al lado mío. Agarré la pinza de cejas y el espejito. Le dije: "Fumá para el otro lado". Y él: "Bueno, bueno", con la voz muy seria y el aliento a cigarrillo. Y me hizo cosquillas para ver si me cambiaba la cara. Y yo: "Estúpido, salí".

Por el medio de las piernas veía la tele. Superconcentrada, porque después mamá me iba a preguntar todos los detalles, no quería perderse nada: en qué momento lloró, dónde le puso la mano después de besarla, cara de qué tenía. Pero a Benito se le marcaban los abdominales y yo lo quería mirar de reojo. Él dejó la colilla bien paradita en la mesa de luz, se acercó y me hizo señas para que le diera la pinza mientras me apoyaba un dedo ahí y lo movía muy suave. "Conejito", me dijo, y a mí se me aflojaron las rodillas y me mojé por primera vez mirando cómo empezaba "Señora".

Caridad Canelón iba por la calle con un tapado corto de piel de conejo. A ella sí que le quedaban bien. Tenía un cuello bárbaro. Benito bajó la cabeza, me olió entre las piernas y me acarició los bordes de la bombacha hasta que no aguantó más y la levantó con un solo dedo. Con la otra mano me sacó el espejito, lo puso justo para que yo me viera y me besó. Adelante veía su pelo negro y espeso y más atrás un primer plano de la Canelón. Y vino el corte.

Sentía siete millones de microbios caminándome por el cuerpo, no me podía quedar tranquila. Benito se incorporó, ya con el cierre bajado, y me dijo que buscara adentro. Cuando se la encontré, me pidió por favor que se la oliera y acercó el espejito para verme. Se le puso enorme. Tenía la pija del mismo color que Ramón. Le apoyé las manos en la cabeza y le pregunté si eso no era pecado; él me contestó que sólo era pecado si me la metía, y entonces escuchamos el auto de mamá que estaciona en la puerta de casa y el motor que se apaga. A mí se me paró el corazón. Benito dio un salto y antes de salir me hizo señas con el dedo haciendo cruz con los labios como si fuera una foto de silencio de hospital con la cara de Mc Gyver. Desapareció en dos segundos y yo me quedé en la cama sin saber qué hacer.

Traté de pararme y me agarré a la mariposa de madera del respaldo de la cama con tanta fuerza que se despegó. Se salió entera y, aunque intenté volver a colocarla en su lugar, fue imposible.

Cuando mamá entró en la pieza yo tenía la mariposa entre las manos. "¿Qué te pasó?", me preguntó. "¿No ves?", le contesté bien antipática, "¿y a vos?"

"No viene Lottito", dijo, y me pidió que le contara la novela. Estaba con mucho malhumor. Agarró la pinza, el espejito y, sentada al borde de mi cama, se emparejó las cejas, ahí mismo, mientras yo inventaba paso a paso lo que había sucedido. Estaba como en la luna y creo que nunca más bajé. Se me había hecho un merengue en la cabeza y no podía pensar. "¡Qué raro!", me dijo ella mirando la mariposa y arrugando la cara para pegar el tirón. Yo moría por olerme los dedos, y trataba de hacerlo sin que se notara pensando que en un mes cumpliría diecisiete años. En el corte ella me sacó la mariposa de las manos y trató de colocarla en su lugar; con un movimiento que hizo, rozó la mesa de luz y la colilla que estaba paradita en un borde cayó al suelo y siguió rodando hasta perderse debajo de mi cama. "Benito", gritó mamá, y el otro, nada; silencio.

8

Lo que me había dicho Benito me quedó dando vueltas en la cabeza y al día siguiente, aproveché la siesta para sacarme la duda.

Estábamos en la casa de Gloria mirando el final de "Señora". Un hambre de novela. Yo me había decidido a dejar el régimen y me bajé solita dos paquetes de Duquesa más un Tatín y medio, porque Gloria no había querido terminar el suyo. La madre remendaba una blusa estridente al lado de la ventana, inclinada hacia la luz. Parecía cansada.

A ella la cara de sufrimiento la hacía más joven y aunque estuviera hilvanando esa blusa turquesa con pimpollos rojos que lastimaban la vista, se veía fantástica. Cada tanto Gloria tenía que probársela; mientras tanto se limaba las uñas con cara de mala. Se le ponía la mandíbula rígida como si estuviera mordiendo algo. Además de ser naturalmente antipática, Gloria estaba siempre muy tensa. Yo se lo decía todo el tiempo, pero ella, con tal de estar fibrosa y marcada, vivía contrayendo los músculos de todo el cuerpo y se ponía dura. "Te vas a atrofiar", le repetí una y mil veces, pero la tarada ni caso.

Yo estaba de costado frente a la puerta del estudio del padre, con el cuello supertorcido, terminándome el cavado con la pinza de cejas, y como él hacía cosas sentadito en su escritorio, yo no quería apuntar la cholila para ese lado. Una sola Duquesa en el paquete y me la metí entera y la dejé desintegrarse hasta que quedó hecha una pasta en el paladar. Las Duquesas a mí me arreglaban la siesta, porque cuando miraba la novela me ponía muy inquieta y me aceleraba tanto que la única forma de bajar un poco la ansiedad era con algo dulce.

El padre arreglaba una cámara de fotos con una lupa gigante ajustada a la cabeza, y tenía un ojo tapado con un parche negro. Igual al de la isla de Guiligan, serio y antipático como la hija. No se había afeitado en varios días y le bajaba una gota de transpiración por el medio de la frente.

En esa posición estratégica y con la mini que me apretaba por los cuatro costados, quedé con la columna destrozada y entonces, cuando se terminó la novela y me estaba desperezando, le pregunté a la madre de Gloria, medio en voz baja, si era pecado que alguien me tocara, y le señalé con la mano derecha a qué parte me refería. Ella dejó la blusa que estaba cosiendo y Gloria se puso todavía más dura. La madre me contestó que de ninguna manera, y preguntó: "¿Por qué?", Gloria cada vez más chiquita y acurrucada en el sofá.

"Porque soy una mujer", le contesté, "y no quiero encolerizar a nadie y menos a Dios." Y me quedé mirando el techo, copiando a mamá cuando se quería acordar de algo. Me encantaba cuando pelaba esas líneas de Caridad Canelón copiadas en mi cuaderno Éxito, ideales para embocar en situaciones como ésa. Me quedé repitiendo la frase por lo bajo.

"¿Y si te chupan?", le pregunté a Gloria en voz baja. En ese momento el padre alzó la cabeza. Tenía el ojo agrandado cien veces adentro de la lupa. Gloria se puso derecha, me clavó los ojos y contestó que no. "No es pecado", me gritó, sin pensarlo. Y el padre se levantó a cerrar la puerta del estudio como si no hubiera escuchado nada.

"Ahora, si te acaban sí", me dijo Gloria al oído. Y yo: "¿Qué?", espantada.

"Si te acaban, boluda", repitió ella muy seria y achicando los labios, y se puso en la misma posición que la rubia chancha que habíamos visto en la revista porno que su padre tenía guardada bajo llave. Ella teñida de rubio con la lengua afuera como para tomar helado toda enchastrada y los otros ahí alrededor tocándose. Se me revolvió el estómago de pensarlo.

"Y vos, ¿cómo lo sabés?", le pregunté.

"Lo leí en la Biblia", me contestó ella, y le creí porque tenía cara de no mentir. La madre preguntó "¿De qué hablan ustedes?", y se acercó para probarle los pimpollos a Gloria. Y ahí se terminó la conversación, porque yo no tenía ningún comentario para hacer sobre la Biblia. Además con Dios no me quería meter.

Me quería meter en el vestuario de varones con Ramón. En el baño del colegio, donde nos encontrábamos día por medio en mi hora de gimnasia. Íbamos al compartimiento del fondo porque era el único con puerta y a él le encantaba refregarse como un animal. Tenía la altura perfecta y nos quedábamos así los cuarenta y cinco minutos que duraba la clase.

Cada tanto Ramón torcía la mandíbula para los costados y le sonaba el hueso como si estuviera roto. "Defecto de fábrica", era el chiste y me apretaba. Siempre lo mismo. A mí me encantaba sentirlo por todo el cuerpo, y él concentrado, con esa cara de ternero guacho que me destrozaba, los brazos para arriba como si estuviera en un asalto, decía: "Arriba las manos" y levantaba una pierna, la apoyaba en mis caderas, y otra vez lo mismo. Me encantaba.

El día anterior a mi cumpleaños número diecisiete le prometí un regalo muy especial. Él, superintrigado preguntándome qué le iba a dar, diciéndome: "Guachita", y ya se había bajado el cierre de los pantalones y se le veía el slip; la tenía de piedra y me apretaba el ombligo. Siempre callados porque en los compartimientos no había techo y por las dudas entrara alguien era mejor no hacer ruido. Me apretaba como nunca, mientras me besaba el cuello y me decía que era la más linda de todas, y cuando iba a llegar a los labios sacaba la lengua entera y me lamía la boca. Yo sentía las piernas calientes de Ramón contra mi cuerpo y la pija empezó a moverse, él se puso todo colorado y percibí algo mojado, entonces bajé la mano para encontrarme con eso en la pollera, y ahí el grito de asco: "Imbécil", le dije. No pude evitarlo. Me quedó la palma pegajosa y me dieron arcadas. Entonces escuchamos la voz de mi profesora de biología diciendo: "¿Quién está ahí?".

Ramón me clavó un dedo en el hombro. Nos quedamos helados. Natalia Alcahueta Parmessano volvió a decir: "¿Quién está ahí?", ahora golpeándonos la puerta. Apenas tuvimos tiempo de arreglarnos la ropa y abrir, porque amenazó con llamar al portero y a la directora, gritando como una histérica. Yo trataba de tapar la mancha con la carpeta, maldiciendo. "Qué tenía que hacer esta yegua en el baño de varones cuando debería estar corrigiendo pruebas de biología. Solterona dejada, metenariz en el baño que no le corresponde." Y nos llevó a la dirección sin dejar de mirarle las piernas a Ramón, y después el suelo, como si no quisiera ver otra cosa. Yo con los ojos puestos en el rodete negro deseando que explotara.

Gloria estaba en la ventana del gimnasio, mirándonos, como todo cuarto año, mientras atravesamos la galería que a mí en ese momento me pareció infinita, como si hubiera caído en el túnel del tiempo y de la vergüenza.

Media hora solos en la dirección tratando de esquivar la cara de la buchona. Yo veía la palabra "Control" escrita a fuego con tizas de colores en la pared de enfrente y me encontraba con ella paradita, inquieta y caminando por toda la habitación con su suéter naranja espantoso y una pollera a lunares que era mal gusto puro. Y entonces, para odiarla mejor la miraba fijo acordándome cómo era antes de separarse, antes de que la dejara el marido. Otra persona… Nada que ver con la víbora que teníamos enfrente, con ese broche de metal espantoso con forma de lombriz que no se sacaba desde que la habían abandonado. Hasta parecía que se le hubiera acortado el cuello, además de tener un color de piel horrible.

Pensar que habíamos ido juntas a Concepción del Uruguay para el viaje de fin de curso, y en esa época se reía todo el tiempo. Mucha onda. La habíamos elegido entre todos los séptimos para que nos acompañara. Gloria y yo teníamos una foto con ella en el Palacio San José. "Esperen que me suelto el rodete que si no salgo seria", nos dijo tirándose el pelo para atrás. Parecía Linda Carter cuando se sacaba los anteojos. Los hombros y la nuca bien delineados.

Yo la había pinchado en la lámina de corcho junto a la foto de Ramón en el escenario del templo. También estaban Gloria con cara de nenita pero sacando culo y la barriga plana y Ricky en la época de Menudo. Bárbaro. Joven, más flaco y lindo, con la cara ancha pero puntiaguda y la mandíbula tan marcada que le hacía sombra a la de Ramón.

Cuando llegó la directora, la de biología desapareció. "Cómo te voy a volar de mi corcho", pensé al verla salir, mientras la directora se acomodaba los anteojos como una vincha y ponía cara de sermón. "Andate, nene", le dijo a Ramón. Y cuando estuvimos solas: "Esto no puede quedar así, Esperanza. Lo que hiciste es de puta"; y fue un "puta" largo, achicando la boca. Yo nada, ni una palabra. "Es mi deber... hacer que este incidente trascienda estas cuatro paredes", dijo tocándose el medio del pecho, y no mintió.

A los diez minutos de llegar a casa, la de biología tocando el timbre. Yo terminaba de cambiarme y esconder la pollera. Quería eliminar para siempre la prueba del pecado. Pensé en quemarla pero era la única pollera de jean que me hacía flaca, y me quedaba bárbara. También tendría que destruir la factura del teléfono. Por suerte la agarré al entrar y mamá no la vio, porque se me hubiera armado la peor. Es que no había aguantado la tentación de llamar a "Esperanza Gracia". Era fantástica, la veía por cable en el canal de "Televisión Española" cuando empezó con su programa leyendo las cartas que le mandaban las espectadoras y adivinando cosas en vivo de la vida de ellas, sobre en mano. Le escribí mil veces a Madrid, pero nunca llegó a leerme al aire. Por eso, cuando me enteré de que estaba trabajando en Buenos Aires, decidí llamarla.

No podía creer que estaba hablando con ella, con el acento español superfuerte, inconfundible, que aumentaba mis ganas de saber y explorar y conocerlo todo sobre mí. Estuvimos hablando cuarenta y cinco minutos en total y me quedé muy excitada. Dijo cosas muy concretas sobre mi pasado. Casi muero cuando me preguntó si mi familia había sufrido una catástrofe o algo por el estilo. "Una explosión", dije yo para ayudarla, y ella: "exacto", y me auguró un cambio de vida y de aires. "Otro horizonte, Esperanza", pronunció con las zetas bien marcadas; y le parecía una coincidencia astral que tuviéramos el mismo nombre. Hablaba muy pausado, tranquila. Transmitía mucha paz, pero ahora la cuenta había venido de ciento treinta y nueve pesos y a mamá le podía dar un infarto. Por eso pensé en sacarle el dinero e ir a pagarla, ya que ella nunca se acordaba de la factura del teléfono ni de ninguna otra si no las tenía ante las narices. Así, seguíamos todos felices, de no ser por el suéter naranja de la profesora de biología que se me incrustaba en la retina como una basurita.

"Esperanza, tengo órdenes de hablar con un familiar tuyo", dijo ella, poniendo una mano adelante por si a mí se me ocurría aplastarle la cara de un portazo. El broche de metal se había desenganchado y en cualquier momento se le iba a caer. Y yo grité: "Mamá, te llaman". "¿Quién?", mi madre en la cocina. "¡Una delatora!", grité mirándola a los ojos, y subí a mi cuarto con todo el odio que se le puede tener a un ser humano depositado en los huesos de esa perra.

Me quedé detrás de la puerta a escuchar. Desde mi pieza se ve todo el comedor. Mamá tenía un remerón de hilo con puntos fantasía y pantalón de lienzo. Modelo total. Y veo que están las dos a punto de sentarse pero mi madre se ilumina, le pondera los lunares y le ofrece un mate. "¡Ay, no!", la perra levantando la mano. Y mi madre: "Está hecho". Y la Parmessano que deja caer el brazo como un títere. Miro para arriba y veo en la lámina de corcho su foto con Gloria y conmigo en el Palacio San José, y el odio es tal que me paro y la arranco de un tirón. Pero la chinche no llegó a desprenderse, la foto se rompió por la mitad y la de biología quedó partida al medio, como si fuera una célula en pleno proceso mitótico.

En ese instante escuché un grito desesperado y después mamá, diciendo "¿Qué le pasa, qué le pasa?" a los alaridos, como es ella cuando se pone nerviosa. Mi corazón estaba a mil. Bajé corriendo los escalones todavía con la mitad de la foto en la mano. Volaba. Y entonces la veo a la Parmessano tirada tipo cuerpo a tierra con el rodete negro semideshecho y moribunda, con la cabeza de un lado para otro como si repitiera que no al tiempo que le daban los espasmos.

Se ve que la estúpida no vio el escalón que hay que bajar para ir a la cocina y tropezó para adelante cayéndose con todo el peso del cuerpo. La aguja del broche se le clavó justo en el medio del corazón. Duró dos minutos exactos, cerró los ojos, los volvió a abrir y se quedó quieta y con la nuca bien firme. "¡Adiós Diana Prince!", pensé cuando dejó de moverse y me toqué las muñecas como hacía la mujer maravilla cuando le tiraban a los brazaletes antibala. Me sentía la más fuerte de todas.

Lo primero que hizo mamá fue tomar un Trapax con dos dedos de whisky, después llamó por teléfono a la madre de Gloria. Ésta, cuando se paró debajo del escalón, justo donde la profesora se había tropezado, dijo: "Aún debe estar por acá", estirando los dedos como para ver si sentía algo.

Una hora y media más tarde había muchísima gente en mi casa. El padre de Gloria trajo su cámara profesional recién arreglada y sacó una foto en colores, impresionante. Enseguida me puse a repartir whisky ayudada por Benito, quien, en medio del tumulto, tuvo tiempo para remarcarme que lo que habíamos hecho no era pecado. Yo me hacía la que no le creía porque me gustaba mucho que me persiguiera por toda la casa. La Parmessano se había puesto violeta, y todo el mundo comentaba que si la aguja se le hubiera clavado un centímetro más a la derecha, por ahí se salvaba.

Se tomaron tres botellas en total; hasta Gloria que es antitodo se prendió. Inclusive fue a buscar una hielera al living y por eso no está en la foto. Yo estoy sola, parada en el escalón con el cuerpo de Natalia Parmessano tapado con una sábana delante de mí y la bandeja de metal donde había servido los whiskies que continúa de manera natural como si fuera la prolongación de mi mano derecha. Los pies juntos y la columna recta. "¡Qué presencia!", pensé. Verme en esa foto en el diario al día siguiente fue mi mejor regalo de cumpleaños; con una postura como la mía, no me quedaba otra que ser modelo. Nadie me iba a detener y ojeando mi cuadernito de frases encontré una que me había dicho Gloria, que anoté en la última página, donde estaban mis preferidas. Decía que si uno piensa algo y lo repiensa y no deja de reflexionar sobre el asunto, al final se cumple; la había escrito la Louise Hay. Al lado estaba anotada la dirección de la escuela de Anamá Ferreira, porque era el lugar donde quería estudiar cuando me fuera a vivir a la Capital. Esperanza Gracia me había presagiado "cambio de vida y de aires" y yo no podía esperar el momento de estar ahí de una buena vez. En el medio de todo.

9

Dos años antes de que yo dejara Gualeguaychú para siempre, Ricky Martin, que en ese entonces recién comenzaba a tener éxito como solista, estuvo de incógnito para la apertura de los carnavales.

Por supuesto, con Gloria bailábamos en la comparsa. Yo primera y ella segunda bastonera, lo cual era todo un mérito, porque tenía una plataforma en la pierna derecha que la emparejaba por completo. Igual no se le veía nada. La base, bordada con lentejuelas y plumones caídos, cubría hasta el suelo los nueve centímetros de madera. Mamá se encargó de controlar que no se le notara; estuvo toda la noche al lado nuestro cuidando hasta los últimos detalles.

"Parate bien que se te marca el tajo en la tanga y va a salir el hueco", me decía al oído, y yo moviendo la pierna hasta que ella me hiciera señas con la cabeza de que ya estaba bien. Es que la bikini se me metía para adentro justo a la altura de la cholila y se marcaba la tanga, y ella preocupada porque no quería que saliera así en las fotos. Igual de obsesionada con la renguera de Gloria. Se agachaba a emparejarle las plumas de la plataforma de madera y repetía "Estamos en la tele", pasándonos la petaca de whisky para que soltáramos el cuerpo.

Era el único momento en que sentía revivir a mi madre: cuando yo estaba frente al público. Se le caían las lágrimas de la emoción, se le iluminaba la cara. Y no era para menos. Quedamos fantásticas. Superbronceadas, y yo había hecho régimen desde octubre que fue cuando me enteré que venía Ricky. Me lo había contado Titina, la vendedora de Chorus que estaba metida en la organización de los corsos. Fueron cuatro meses de tortura. Casi tres semanas de ayuno total pero, aunque un poco demacrada, estaba contentísima. Si me hubiera muerto en ese momento habría sido el cadáver más feliz de Gualeguaychú. No podía creer que no tuviera que usar faja. Además para los últimos días, y sólo para reforzar la dieta, conseguí una caja de Flexigrasil y quedé mínima. Es una lástima que no haya aprovechado la oportunidad para seguir cuidándome. De ansiosa que soy, a la semana de cortar con las pastillas, de verlo abandonar mi vida para siempre dejándome sola y tirada en Gualeguaychú, volví a engordarme todo. Y odio estar gorda. Pero por lo menos ese día estuve más flaca que nunca y él me vio. Aparte, me había maquillado la nariz que parecía de cirugía. Hasta mamá, que es superexigente con la pintura, me felicitó.

Nos sacamos una foto con él, frente al palco municipal. Nosotras a los costados con los espaldares y él en el medio, con la sonrisa maravillosa igual que en los pósters.

Como no alcanzaba a abrazarnos, estiraba las manos; después inclinó un poco la cabeza para el lado de Gloria. Parecíamos una estampita de la crucifixión. Yo lo veía tan feliz que me emocionaba. En un momento mágico él se apoyó en mi hombro, apenas la punta de los dedos, y me guiñó un ojo. Sentí la descarga estática que le salió del brazo y me tuve que contener los diecinueve minutos que lo tuve cerca porque pensé que me iba a dar algo. Estaba transportada. Insensible, pero muy segura de que lo iba a volver a ver.

Renga y todo, Gloria bailó mejor que yo. Tenía más cara, culo y actitud. Se movió como nunca cuando llegamos a la avenida Almafuerte y brilló toda la noche. Pero más tarde la que estuvo hablando con Ricky fui yo.

El hermano de Ramón trabajaba en la disco, así que nos consiguió dos tarjetas vip, pero Gloria, que estaba con un poco de fiebre, quedó automáticamente afuera.

La disco ardía, no entraba un alfiler. Ricky llegó a las tres y media de la mañana. Dos guardaespaldas de remera negra lo llevaron al salón vip. Bajaron los focos a propósito. Cero luz. Yo fui al baño a retocarme el maquillaje, a ponerme perfume, a repetir "control" frente al espejo con la mano adelante. Y sobre todo a esperar, a sufrir, a meditar por lo menos tres cuartos de hora, hasta que desalojaran a todas las que habían ido a asediarlo pidiéndole autógrafos. Lo mío era más que eso. Yo no quería que me firmara ningún papel. Estaba dispuesta a todo por conseguir algo suyo. Me temblaban las manos pero el *piercing* que me había hecho en la uña con una arandelita superdiscreta me quedaba brutal.

Dicho y hecho, a los cuarenta y cinco minutos el salón vip de "Gualeguaychú-Pamela" estaba despejado y ya no dejaban pasar a nadie. Le dije a Ramón que me sentía un poco mareada, que por favor me consiguiera una aspirina, que yo no me movía del lugar. Cuando lo perdí de vista enfilé para el vip. Saqué la tarjeta y se la di al patovica. Ricky sentado en un rincón, tomando whisky con Carlos María Reinoso, el conductor de cable local que terminaba de hacerle una entrevista. Los dos solos. Me acerqué y el guardaespaldas de remera negra que no me deja pasar. Le digo que soy la bastonera de la comparsa. Me pongo las manos en el escote de mi solera y le muestro las tetas. De inmediato me pide perdón y me dice que no me reconoció porque estoy distinta, me las escanea y me da un beso. "Gracias", le contesto, y paso. Justo en ese momento de éxtasis total empieza a sonar la versión disco de "Sobreviviré". Ricky levanta la cabeza y me mira pero cuando me acerco y voy a agacharme para saludarlo, suelta el vaso y se pone a respirar hondo, como si se ahogara, agitado y con un silbido en el pecho que le impide reaccionar.

Se puso violeta. Lo que siguió fue una gran confusión. Me acuerdo que Reinoso desapareció. Los dos guardaespaldas vinieron a preguntar qué le pasaba. Ricky seguía con la mano en el pecho mirándome fijo sin decir nada, desesperado por aspirar.

Les dije: "No se preocupen, soy enfermera; lo que tiene es un sofocón, nada más", y medio que lo forcé a sentarse. Le desabroché tres botones de la camisa. Estaba sudando frío. "No es nada", dije. "Hay que tranquilizarlo, nada más", y mirándolo a los ojos le dije: "Respirá, cielo". Me acuerdo que me moría por olerle la transpiración. Tenía una medallita de la virgen de Lourdes. No podía creer que tuviéramos la misma. La mía era un regalo de Nélida Doménico para el día de mi primera comunión. "Lo tenemos que sacar de acá", les dije a los guardaespaldas. Porque él, pobrecito, estaba nulo. Entonces lo cargaron entre los dos y salimos los cuatro por la puerta de atrás hasta el patio del boliche. Alrededor la gente se moría por saber qué pasaba, pero yo les ordené a los patovicas que clausuraran la entrada al patio. "Necesita respirar", les dije, y entramos sólo nosotros a lo que pasó a ser la zona vip al aire libre.

Estuve diez minutos haciéndole masajes en el pecho, tratando de rozarle los pezones, de sentirlo con toda la palma; y él con los ojos cerrados, respirándose la vida como si se fuera a acabar el aire. Todo sucedió muy rápido.

Trajeron una botella de agua mineral de las de vidrio. Le di unos tragos y le mojé el pelo. Tenía un perfume mortal; busqué un pañuelo de tela que tenía en la cartera, uno blanco con una "E" grande, bordada a un costado, y lo sequé entero, centímetro a centímetro, apoyándole los dedos en la frente, en la nuez... Me morí de placer cuando se me enganchó la arandelita en los pelos del pecho. No sabía qué hacer. No quería pegar el tirón y, como estaba tarada, lo que hice fue arrancarme el pedazo de uña disimuladamente y metérmelo en la boca con arandelita y todo. Deseaba que apareciera alguien con una máquina de fotos y nos inmortalizara en un retrato, pero no se presentó nadie y tuve que forzar la memoria una y mil veces para recordar el momento segundo a segundo, sin que se me escapara nada. Mis manos parecían diseñadas para tocarlo durante toda la vida. El pañuelo blanco había quedado empapado. Chorreaba.

"¡Qué susto!", fue lo primero que le dije cuando reaccionó. A esa altura yo estaba fuera de control y no iba a permitir que me viera llorar sin consuelo. Estaba a mil. Pensaba que íbamos a estar juntos por toda la eternidad, entonces él me miró como jamás nadie lo hizo en mi vida, y tenía los mismos ojos del Jesús que había en el Templo de la Eucaristía. Después me dio un beso. Dijo "Gracias cariño" con una sonrisa y se fue.

Quedé congelada, con la botella de agua mineral en la mano y el pañuelo hecho sopa en la otra. Me sentía más unida a él que nadie en el mundo y, a la vez, al borde del abismo. Lo único que me sostenía para no caer era el agua mineral con los doscientos centímetros cúbicos de fluido entre los dos. Me aferré a la botella, viendo cómo la disco se iba llenando cada vez más, hasta que encontré a Ramón con la aspirina en la mano.

"Damelá", le dije hecha una lágrima, "la necesito más que nunca." Y sentí el camino del agua dibujándome el estómago, como si fuera la sangre de Cristo bajas calorías.

Al día siguiente me crucé a lo de Gloria para contárselo todo. Ella en la cama, volando de fiebre. Creo que se había enfermado de odio, pero cuando le terminé de contar los detalles casi se muere. Por supuesto que agregué condimentos. Le toqué las piernas a Ricky y él me abrazó hasta que no pudo más y me gritó que no lo dejara morir y "descompuesto como estaba", le dije, "le sentí la pija durísima". Y después, al final, cuando ya me había dado el beso de despedida, me prometió que nos íbamos a volver a encontrar para que me diera su último compact. Gloria se puso a estirar las sábanas, verde de envidia.

"¡Qué linda caja!", comenté para cambiar de tema, señalando una forrada en papel celofán que sobresalía por debajo de la mesa de luz; y cuando me iba a agachar para tocarla ella gritó: "¡No te acerques!", y ahí me di cuenta de cómo estaba. Furiosa, la agarró con las dos manos sacando fuerzas de no sé dónde, si es que estaba tan enferma, y la subió con la velocidad de una comadreja.

"¿Qué tendrás ahí?", le pregunté y se me pasaron mil cosas por la cabeza; pero me quedé mudita mirando para afuera, acordándome de las veces que había tenido que ir a averiguar a la oficina de correos a ver si aparecía la carta con mi carnet de socia del Club de Ricky que nunca me llegó.

"Es mi *secretaire*", me gritó ella. Y yo: "Jurame que no tenés mi carnet". Y ella: "te lo juro", besándose el dedo, sin pensarlo, metiendo la caja adentro de las sábanas. Me tuve que tragar la lengua porque yo tampoco la dejaba ver el mío. Entonces nos abrazamos; la pelea quedó olvidada y punto. Además, el juramento era sagrado para nosotras.

Igual había tanta energía negativa que me fui a la cocina a preparar unos mates. El aire estaba insoportable, había olor a enferma. Una vez en el patio, me acerqué al altarcito y me hice la señal de la cruz. El equeco parecía más hinchado al lado de la virgen de Lourdes. La lluvia lo iba a limpiar un poco. Pedí un deseo y me toqué la medallita y no sé por qué me imaginé que él estaría haciendo lo mismo.

Me quedé al lado de la pava cuidando el agua. Sentía olor a Ricky por todos lados; me fui con la mente hasta verle la cara de desesperación, los ojos bien abiertos y la transpiración que no paraba. Y yo que tenía la mano helada, se la había apoyado en la mandíbula; y la arandelita que se queda atascada, y me miré la mano, sentía que me iba a ahogar y que tendría que hacer algo con mi uña porque estaba horrible; entonces grité del susto. La madre de Gloria me había tocado la espalda por detrás para que la convidara con un mate; un poco ida, pero de todas formas le conté los pormenores de la noche en la disco. A la altura del tercer mate ella se quedó como concentrada en uno de mis ojos, con la bombilla en la boca. Y yo: "¿Tengo algo, Hilda?". Entonces me levantó un párpado, me miró adentro haciendo luego lo mismo del otro lado. Yo a esa altura intrigadísima. Ella nada; fue a la heladera, sacó un huevo y me dibujó como un borde en el aire y siguió moviéndolo a mi alrededor hasta detenerlo en el medio del estómago. Yo muda con la pava en la mano. Volvió a pasármelo por todo el cuerpo y después me lo dijo bien clarito: "Nena, estás embarazada", como un hachazo. "No", le contesté. Y ella que insiste: "¡Que sí te digo!", tocándose el pecho, "¡el huevo no miente!".

"¿Que pasó anoche?" "De todo", le contesté, pensando en Ricky y en la cara que puso cuando me vio; en el olor a transpiración, en la medallita, pero también recordando el polvo que me había echado con Ramón. Estuvo como nunca. Yo le pedí que me dijera "cariño", que lo repitiera una y otra vez, y él obediente porque estaba borracho. Entraba y salía con la cara desfigurada, como loco. Yo tenía en la mano la botella de agua y el pañuelo todavía húmedo. Me lo pasé por todo el cuerpo. Le miré la cabeza y, no sé por qué, me dieron ganas de partírsela. Pero bajé la botella y se terminó.

Lo confirmé a las tres semanas cuando no me vino. No lo podía creer. Estuve media hora diciéndole cosas a mi bombacha. Me tiraba de los pelos. Por un momento quería volver el tiempo atrás y pegarle a Ramón el botellazo merecido, a ver si aprendía a controlarse de una vez por todas.

Me daban arcadas, me caía desmayada en cualquier parte y en una oportunidad rodé por la escalera. Es que me había comprado unos vaqueros dos números más chicos y a los pocos minutos me ponía pálida de la descompostura. Fui a buscar los análisis muy desmejorada y con un moretonazo en la barriga. El médico, al ver el hematoma, me preguntó si me habían pegado. Le contesté que sí y él se ofreció a acompañarme a la comisaría para hacer la denuncia. Un amor, pero le dije que no valía la pena, saqué el pañuelo blanco con la "E", que no pensaba lavar nunca, y no paré de llorar hasta empaparlo. Estaba desahuciada.

Volví a casa apoyando la "E" húmeda en el corazón. Odiaba a Ramón con toda mi alma. "Hijo de puta", le grité un millón de veces, y me refugiaba en los ojos de Ricky cuando me miraba desesperado en el patio de la disco. Hasta me dieron ganas de fumar un cigarrillo con lo antitabaco que soy.

Mamá reaccionó ante la noticia como solía reaccionar, como una momia. Nada nuevo. Tenía un vaso de whisky en la mano y arrastraba las jotas medio metro.

En un descuido, Benito aprovechó para escapar; y escuchamos el auto alejarse mientras nosotras dos nos perdíamos, ella en su lástima y yo con un hijo de Ramón confirmado adentro del sobre.

Apenas mencioné lo del aborto se puso a chillar, como si lo hubiera estado esperando. "Por favor, basta de crímenes en esta casa", me dijo, haciéndome una escena que, de haber salido al aire, hubiera resultado conmovedora. Tenía la voz quebrada. Chorreaba, le caían mocos de verdad. "Mamá, no puedo tener un hijo de Ramón", le dije. "Él no es nadie. Quiero tener un hijo de Ricky Martin y hace un mes estuve así de conseguirlo." "Así", repetí y le mostré con los dedos lo poco que me había faltado para tenerlo adentro. "Me gusta Ricky Martin para vos", me dijo de repente más serena, lagrimeando. Parecía un animalito.

La tele estaba apagada. En la pantalla se veía nuestro reflejo, opaco, como si nos hubieran sacado todo el brillo y el contraste. Hacía muchísimo tiempo que no estábamos así. Abrazadas, llorando y sin pelear, sin Benito en el medio, como cuando nos quedábamos dormidas con la tele prendida aunque no hubiera transmisión porque no nos gustaba nada la oscuridad. Solas. "Carrera de mosquitos", decía ella, y las dos embobadas con los puntitos de la pantalla y con el ruido de tormenta que largaba la transmisión.

Mamá se quedó dormida con la cabeza apoyada en mi hombro. Me tuve que desabrochar el pantalón porque no daba más del dolor. Tenía miedo de desmayarme. Había una pintura de uñas nueva en la mesita, la agarré y el color de cerca me pareció horrible. No pegaba con nada. Más lejos, el atado de LM Suaves de mamá casi lleno y sobresalía uno hasta la mitad. Alargué los dedos pero no llegaba porque la tenía a ella con todo el peso tirándome para abajo y no quería despertarla. Tenía olor a pucho en el pelo.

Ayudándome con el frasquito de pintura por fin logré acercar el paquete. Estaba muy exaltada. Me puse uno en la boca; me temblaban los labios. Lo encendí de una. Pegué una aspirada hasta el final y terminé en una convulsión espantosa de tos y con mamá corriendo a la cocina a traerme un vaso de agua, una Novalgina y preguntándome si quería un tecito. "No, dejá", le dije, "enseñame a fumar", y se sentó al lado mío. Me ofreció uno del paquete y se puso a buscar el encendedor en la mesa. Lo tenía yo; entonces con las dos manos, porque estaba retembleque, llevándolas bien para adelante como si estuviera rezando, se lo encendí.

A los tres días aborté, naturalmente.

10

En Chakira me encontré con todo el club de fans. Yo iba de negro completo. Estaban Lupe, la Marisa Mellman con el hermano, las mellizas Dellors, tan feas como siempre, y una banda de enfermas que mejor ni describir. No se podía creer lo fuerte que estaba Patricio, el hermano de la Mellman; me pareció raro que hablara con alguien porque siempre estaba solo, metido en sus cosas, callado y con los brazos enormes de tanto levantar pesas. Me encantaba. Era la única persona que me hacía olvidar a Ricky por un momento. Me acerqué a saludarlo, y después del qué tal le apoyé una mano en la cintura. Tenía el oblicuo marcado perfecto y uno de mis dedos quedó apoyado justo en la línea que se producía en la mitad del músculo. Él me contestó: "Todo okey", a la cara, haciéndome poner incómoda por un segundo para luego seguir hablando con el otro pibe que estaba todavía más fuerte. Le saqué la mano de inmediato, pero igual esperaba ansiosa el momento en que me dieran pie para entrar en la conversación.

Ni siquiera me volvieron a mirar, me ignoraron. "Trolos de mierda", pensé, acordándome de la noche que nos habíamos quedado a dormir en la casa de los Mellman después de un recital.

Yo estaba muy feliz porque me había tocado dormir con Patricio en la misma cama, mortal. Al principio le respiré en los hombros, en la nuca. Él nada. Le arrimé la pera a la espalda y le di un beso, porque después de un recital quedo muy excitada; entonces haciéndome la dormida lo abracé, le apoyé todo y él, también dormido, logró sacarme de encima muy suave. Un divino, pero creo que no se le paró y yo no pude pegar un ojo con su respiración y las piernas rozándome toda la noche. Y a pesar de que Marisa siempre lo desmintió, entre nosotras comentábamos que Patricio, aunque no se le notara, era rarito nomás, si no habría pasado lo que tenía que pasar entre él y yo. Otra desilusión. Capítulo aparte.

Nos sentamos en la barra y pedimos caipiriñas. Había una promoción de tequila y a cada botella le habían pegado un estíquer con la cara de Ricky. Moría por tenerlas a todas, pero sólo regalaban una por persona. Nada. Por suerte la Lupe se lo charló al de la barra, que terminó dándonos dos muestras a cada una. Diminutas. Yo me guardé una para una ocasión más importante, pero las chicas se las vaciaron enteras en las bebidas. Estábamos descontroladas y nos pusimos como locas. Me acordé de que en casa sólo tenía un potecito de dulce de leche, dos o tres galletitas y nada más, y después de tomar alcohol a mí siempre me ataca el hambre y me gusta tener algo reservado porque me tranquiliza. Tendría que parar en algún kiosco a buscar un par de alfajores o Bon-o-bons.

Cuando Ricky llegó, ya nos habíamos bajado tres caipiriñas por cabeza. Él estaba bárbaro. Tenía puesta una camisa blanca, los puños abotonados, más radiante que nunca. Daba la sensación de que lo llevaban alzado los guardaespaldas. Sumamente maquillado. Irma me había contado que, como tiene muy mala piel, ella le cubría la cara con una capa de medio centímetro de base y después enchufaban las luces a cuatro mil voltios. "Por eso transpira tanto en el show, nena, por eso", me dijo. "Es puro maquillaje, como vos." Y al instante me veo parada atrás del escenario en el medio de un recital, esperándolo con la toalla lista para que se seque, y le había cancelado dos entrevistas, una para la CNN en español y otra para "E Enterteinment", porque lo había visto cansado, y él me agradece acariciándome la mejilla y le doy un toque de antiojeras y de polvo traslúcido porque sólo yo quería encargarme de su imagen y nadie más lo iba a tocar. Y todo el mundo preguntando quién soy, muertos de envidia, y él después del show contando en la conferencia de prensa el momento en que me había conocido, la anécdota de cómo le había salvado la vida en la disco de Gualeguaychú, y tres periodistas mujeres de la primera fila se secan las lágrimas al mismo tiempo, y una de ellas levanta las dos manos para hacer una pregunta urgente y estoy parada al lado de Ricky, un poquito corrida para atrás, ultradiscreta, con una remera blanca lisa, un vaquero ajustado y no tengo un solo rollo porque me acabo de lipoaspirar hasta las manos, y las narices de cirugía no se usan más y las maquilladas como la mía son lo máximo de lo híper, y de muy buen humor pido en un tono casi Durán que por favor los fotógrafos no me tiren el flash a la cara que me hace mal y me la cubro con una mano y otra vez directo a los ojos, apunto a la periodista con un dedo, furiosa, y otro flash más. Y de golpe me vuelven al mundo real.

Aterricé mareadísima y sola en la barra. Por suerte. Desde que trabajaba en la tele prefería que no me vieran con las chicas. Los destellos eran de verdad, y es que Ricky acababa de cruzar con dos guardaespaldas por el medio de la disco. No me pude parar. Sonaba: "Un pasito pa'lante, María", y tuve que juntar las piernas de la emoción. Como pude enfilé para el baño. El lugar me daba vueltas.

Cuando me enfoqué en el espejo casi me da un paro cardíaco. Estaba hecha una piltrafa y no tenía nada en el bolso que pudiera salvarme. Me saqué los zapatos; había tres espejos enormes hasta el suelo, colocados de tal forma que me podía ver entera, y aproveché para arreglarme las medias en la parte de atrás. Si miraba un poco de costado veía mi cuerpo multiplicado por mil que se hacía cada vez más chiquito y terminaba en el foquito de la luz. Me toqué el pecho y sentí las palmas transpiradas. Justo entró una jovata y le pregunté si tenía polvo traslúcido. Y ella: "No, pero tengo algo que te va a poner a tono", con la voz gruesa y un acento español muy marcado. Me miró de arriba a abajo. "Vas a tener una noche muy especial", me dijo, "¿de qué signo eres?" Y yo: "de Piscis". Entonces sacó un frasquito diminuto, que parecía perfume. Se quedó con los ojos cerrados, contrayendo los músculos de la cara, y se apoyó dos dedos en el tabique como si quemara. Después me lo pasó a mí diciendo "Huele". Y yo obediente porque ella había quedado mucho mejor de aspecto, pero tuve que apartar la nariz de lo fuerte que era, parecía amoníaco. "No, dale hasta el fondo", ella. Entonces copiándola le metí un nariguetazo, me apreté la nariz con dos dedos. Y ella: "¿Ves como estrellitas, no?", y aunque nada que ver le dije que sí porque me sentía en las nubes. Me parecía escuchar la música a tope. No podía creer lo que había sucedido en mi rostro. Estaba divina y la jovata me abrazó por detrás y con una mano me levantaba el mentón para que me viera en el espejo... Después me metió la otra mano por debajo de las tetas y agarrándomelas me dijo que me las iba a arrancar a mordiscos. Nada menos. Le di un codazo, y a pesar del asco que me dio el asunto no podía parar de reírme.

Tampoco podía dejar de bailar. Me sentía La Bomba Tucumana y me subí arriba de un parlante junto con otras dos descontroladas, hasta que patiné y accidentalmente se me abrió la blusa, se me desprendió el corpiño y, tirada en el suelo, exhibí una teta a los morbosos que se juntaron a mi alrededor. La cara de la jovata en primera fila.

Sentía que nada me iba a detener, me imaginé que yo, tirada en el suelo, era lo más sexy que esa manga de imbéciles había visto en años. Junté fuerzas y encaré para la zona vip, con tanta buena suerte que justo en ese momento los patovicas estaban sacando a una desmayada. Aproveché la histeria para colarme y no paré hasta llegar a la barra. La música me parecía más fuerte de ese lado, la gente más linda, el aire otro. Y pusieron un tema instrumental tipo guerra de las galaxias, y atrás una sirena acompañada de un ruido de trueno que le daba un efecto tormenta. Las luces giraban a toda velocidad, y bien en el medio de todo… el milagro.

Ricky, como una aparición, de espaldas, bailando solo frente a mí; le caía una luz recta que le dibujaba como un borde fluorescente. Las bolas de cristal en el techo tiraban mariposas de colores por toda la pista. Brutal.

Caminé en línea recta, de eso me acuerdo perfecto, y cuando él se dio vuelta, siguiendo los consejos de Nélida Doménico lo tomé por sorpresa. "¡Epa!", me dijo, "¡que rápido vamos!" Me estaba hablando a mí. Yo emocionada le contesté: "No te creas. Hace tres años que pienso en esto y recién estoy animándome ahora". Y me le acerqué al oído y le dije: "Lo que pasa es que quiero tener un hijo tuyo". No podía creer lo que me estaba pasando. Y a él le resaltaban los dientes blancos por la luz negra que le caía. Me pareció que todo el mundo estaba callado y que habían apagado la música para escuchar el instante en que yo pronunciaba esa frase célebre de Grecia Colmenares en "Topacio", y me imaginé que él me tiraba en la pista y me hacía el hijo, ahí nomás, con toda la furia y con la gente dando vueltas alrededor... Entonces fue cuando él me contestó, rompiendo la magia del momento: "Y yo quiero tener un hijo con Lady Di", mientras me sacaba la mano con una amabilidad que me hizo temblar.

La cara sonriente de la princesa se me marcó a fuego. "Un hijo con Lady Di, Lady Di", me retumbaba en la cabeza, y la imaginaba con su sombrerito negro de pana entrando al Sheraton. Eso es todo lo que recuerdo y la voz de Esperanza Gracia que me gritaba cambio de vida y de aires y la cara de Ricky alejándose con el pelo suelto y lleno de mariposas por la pista y a partir de ahí se me confunden las imágenes, las conversaciones, la música, todo; como si hubiese caído en el túnel del tiempo, pero en vez de los círculos rojos y verdes originales de la serie se me aparecían los rombos de la caja de zapatos que Gloria había llevado a casa, lila y naranja, muy intensos; con la mirada perdida y con la sensación de ser uno de esos espíritus del especial que dieron en el 13 sobre "Percepción después de la muerte". El cuerpo abandonado, lejos; pero lo peor de todo es que no recuerdo nada. Y nada es nada, una vez más. Y es tener que confiar en la versión, seguramente aumentada, de Gloria. Humillante. Fue como haberme perdido los mejores minutos de la novela.

Cuando reaccioné por suerte estaba en casa. En bombacha y corpiño. Gloria, acurrucada a los pies de la cama, hacía zapping y miraba fijo el televisor: parecía la nenita de *Poltergeist*. Había olor a encierro. En mi cabeza estallaban las secuencias del día anterior. Ultraconfundida. No podía pensar. Había un montón de *Teleclick* en el suelo, todas desparramadas, la tijera abierta en el medio y la pintura negra de uñas a un costado. La cabeza a mil. Pensé que mi estado tendría que ser muy grave. Tanto como para que Gloria no se hubiera puesto a ordenar en el momento.

Ella me contó que yo había vuelto repirucha a las doce del mediodía. Muerta de risa y al rato hecha una furia y después risa y así. Me dijo que justo cuando llegaba pasaban en la tele la crónica del accidente de Angélica Durán. Una cámara del Apart Hotel había grabado el momento fatídico, y mostraban un pantallazo del fondo del ascensor con un dibujo de ella con la cara y los codos clavados en los resortes que había al final del hueco. Fue como si la hubieran metido en una

Moulinex gigante, porque después de caerse, trascartón se le vino el ascensor encima y no le dio tiempo para hacer nada. Los bomberos tuvieron que desarmarlo para recuperar los restos que quedaron incrustados al fondo, en el hueco.

En la filmación se ve todo. La puerta se abrió sola pero el ascensor no estaba y ella que parecía andar en la luna dio un paso adelante y se desplomó con una gracia poco común. Apoyó primero un talón y arremetió con todo el impulso, como a punto de entrar a una propaganda de Gancia.

Se escuchan hasta los gritos y se ve cómo el ascensor sigue de largo y se desprende produciendo la catástrofe. A Gloria le faltaban las palabras y se ayudaba moviendo las manos. Me contó que acto seguido me quedé desmayada, como si estuviera en coma, y que dormí por lo menos nueve horas corridas, que ella me hizo un masaje revitalizador pero que no reaccionaba. En un momento se sintió tan desesperada que llamó a Damián, su amigo masajista, para que viera si estaba todo bien. Que el otro la tranquilizó mucho y le aconsejó que me dejara dormir. Y yo, con tono de desaprobación: "¿Ese estuvo en casa?", porque a mí no me caía nada bien. Gloria lo sabía perfectamente, pero ignoró mi comentario. Y siguió con que me desperté a las diez de la noche, con una cara que le dio miedo. Que me fui al baño hipnotizada, que tenía los ojos desorbitados. Que me saqué el maquillaje y me puse a mirar los últimos tres números de la *Teleclick*, uno por uno, buscando una foto. Ella olió algo raro y la llamó a Lupe.

Atendió la hermana, que también estaba preocupadísima porque la otra desvariaba igual que yo. Había intentado tirarse por la ventana envuelta en un póster de Ricky. Llegaron a la conclusión de que nos habían puesto algo en la bebida. Y que seguro que había sido la Marisa Mellman, que ya tenía fama de intoxicar a la gente que se quería sacar de encima, con el papá y toda esa rama de la familia farmacéuticos. "Seguro que esa yegua les metió algo en los tragos", concluyeron.

Gloria cortó y estuvo todo el tiempo cuidándome. No se separó un minuto. Me preguntó qué buscaba y le dije: "Una foto de Lady Di". Estaba tan frenética que ella también se puso a buscar la dichosa foto y la encontró primero y yo se la saqué de las manos y después, con una chinche, la clavé en el centro de la lámina de corcho. Pregunté: "¿Qué estará haciendo esa princesita?", señalando la foto. Y me contesté sola: "Ésa no sé, pero ésta", poniéndome un dedo en el medio del pecho, "se va a pintar las uñas". Y me dispuse a pintármelas de negro. Mientras lo hacía le confesé sin pelos en la lengua que era la autora de los asesinatos de mi hermana, de mi primer hijo, de la Parmessano y de la Durán. Y que había sido Nélida Doménico la que me había impulsado a ir de frente con Ricky, a tal punto que me prometió que me conseguiría el número de su celular por intermedio de un contacto. "Ningún hombre, por más famoso que sea", me había dicho, "se resiste a una buena entrerriana." Y le sugerí mis planes a corto plazo para la princesa. "Rezá por ella", le pedí, "porque le queda poca vida."

Gloria me preguntó inocente: "¿Y a vos te parece que te va a funcionar a larga distancia tipo Internet?". Yo en ese momento levanté la mano y le di la última pincelada al dedo gordo. Y la otra enfrente, mirando y mirando sin saber qué hacer: "¿Y a vos qué te parece?", le dije, levantando el tono, indignada, sin verle la cara porque yo tenía un ojo cerrado y mi dedo le cubría las facciones. Y terminé de hacerme las uñas en silencio. Se veían bárbaras pintadas de negro.

Nos quedamos mirando tele con la revista desmenuzada entre las dos, llena de tijeretazos, y en un corte le digo: "Vení", y ella me sigue. Le grito: "No arrastres los pies que me duele la cabeza", y Gloria hace todo lo posible por obedecerme mientras me sigue por el pasillo. Empiezo a contar mis pasos en voz baja mientras me voy secando las uñas con movimientos en el aire. Entramos a la pieza, agarro la Polaroid y se la paso. Apago la luz y prendo el velador, me hago la misterio total y después le pregunto: "¿Qué día es hoy?". "Treinta de agosto", ella. Y yo: "¿Qué hora es en Europa?". Y ella me contesta: "Las tres y media de la mañana del treinta y uno", porque se sabe las horas de todos los países por los que viaja Ricky; la de Puerto Rico, la de Norteamérica y la de cualquier lugar donde él esté y es capaz de perseguirlo con el pensamiento por todo el continente. Y yo también.

Terminé de contar trece pasos justo frente a la lámina de corcho. "Encuadrá bien y acordate la hora", le digo mientras apoyo una mano en la foto de la Lady Di y la parto por la mitad, de un tirón. Gloria rezaba. Eran las tres y treinta y tres de la madrugada del sábado en Europa, y el aire de mi habitación se cortaba con gilette. No era para menos. Nadie en la historia de la humanidad había matado a dos famosas en un lapso de veinticuatro horas. Nadie excepto yo, por supuesto. Y sin moverme de mi domicilio. El flash de la máquina me obligó a cerrar los ojos, invadiéndolo todo.

11

Gloria se puso más pálida que la hija de San Martín. Terminaba de contarme toda la desconexión de memoria que había sufrido mi cabeza y estábamos las dos desenchufadas. Hacía más de una hora que ella cambiaba continuamente de canal, como una zombie. Yo me sentía al borde del vómito y cuando no aguanté más le grité "¡quedate quieta!", porque todo me molestaba. Entonces nos quedamos en el canal de Crónica y a los cinco segundos pasaron el primer comentario sobre la princesa.

Aunque previsible, la noticia nos cayó como un balde de agua. "Se mató Lady Di", decía en el cartel rojo y blanco al tiempo que un locutor lo anunciaba como si fuera un gol. "La mataron", dijo Gloria por lo bajo mientras se hacía la señal de la cruz.

La miré a los ojos y le dije: "A vos que no se te ocurra decir una sola palabra de lo que pasó. A nadie, porque sos tan culpable como yo. Somos cómplices", le remarqué.

"Yo no hice nada", ella al borde de las lágrimas.

"Nada por impedirlo", dije.

El auto parecía una pelota destrozada, un manojo de hierros, y había muchísimos policías. A la princesa ya se la habían llevado al hospital con su carita de vegetariana descompuesta. Contaron que estuvo cuatro horas en coma antes de morir; igual que yo, que hice de todo sin acordarme ni siquiera de mi nombre. Sin saber lo que hizo Ricky cuando me sacó la mano de ahí, cuando creí perder el conocimiento. Maldije a la jovata y a la Marisa Mellman y a Lupe; al hermano de la Mellman también, por puto, aunque tuviera las piernas más lindas de la disco. Me volvió a la memoria la cara de Ricky diciendo que quería tener un hijo con Lady Di y automáticamente se transformó en ella y le brillaban los dientes con la luz negra que le cubría todo el cuerpo. Me sentía más llena de vida que nunca. Tan fuerte que pensaba que algo de la princesa se tendría que haber trasladado a mí. Más flaca, más alta y con la nariz llena de personalidad. Me agarré las muñecas; tenía las manos frías.

Gloria se quedó dura en el sofá, y cuando logré juntar fuerzas llamé a Nélida Doménico. "Tengo lo tuyo", me dijo. Yo necesitaba eso: alguien que me alentara, no una estatua. Me puse derecha; tenía que acostumbrarme a estar en esa posición. La espalda caída, además de cagarte la columna, no va para la tele. "A las cámaras hay que mirarlas como si te tiraran la cabeza para atrás con un hilito", había dicho la Picchio en la terraza de

Mateyko, y yo se lo repetí a todas mis compañeras del canal.

Fue Nélida quien me aconsejó que viera a Ricky ese mismo día, que pensara en mí y que lo demás vendría solo. Ella entendía muy bien mi situación porque era la amante de un actor muy famoso, que no puedo nombrar; y a pesar de que tenían un hijo, llevaban la relación en secreto mientras él mantenía como pública a su otra familia. Pero, como decía ella: "Todos los meses taca taca", y doblaba papelitos como si fueran billetes. "Y si no", me dijo poniéndose muy seria, "lo mandás a buscar con un juez. Con el ADN no se jode, nena", remató. Yo estaba al borde de las lágrimas. Le pedí los teléfonos. Uno era el celular de Ricky y el otro el de un ginecólogo, un conocido suyo que atendía a todas las de la farándula. Me aconsejó que le recordara que yo era como una hija para ella, y además extra de "La condenada". "Seguro que te hace precio", me dijo, y entonces vino el comentario, "¡Qué me contás de lo de Angélica!". Y yo: "Por favor, no me hables del tema porque estoy muy sensible, destrozada", y le comenté que el día anterior había estado hablando con ella en la cochera del canal. "Tan linda", le dije, "tan llena de vida, estaba divina." Y Nélida: "A mí me comentaron que se drogaba". "A mí también, pero igual me caía bárbara", le mentí. "Qué pérdida para la televisión argentina", se lamentó ella, y nos quedamos treinta minutos por reloj comentando la desgracia mundial que había producido la otra catástrofe, la de Lady Di. Nélida la comparó con una estrella fugaz, y yo sólo le contesté que ella tenía las palabras justas para todo.

"Dr. Carlos Castillo, inseminación artificial", anoté en la tapa de la última *Teleclick*, y el teléfono abajo. Me sentía la persona más dichosa del mundo. Le levanté los brazos a Gloria en señal de victoria. Como la mujer maravilla, juntando los puños y mordiéndome el labio inferior. "Somos imbatibles", le dije. Y me llevé el teléfono a la pieza para hablar en mayor intimidad.

Atendió él en persona. Yo no sabía qué decirle. Me había puesto la bata y mucho perfume, pero igual me sentía desnuda. Le expliqué que habíamos estado juntos la noche anterior y que lo había tenido todo para mí hasta que él metió a la Lady Di en el medio. "Y que quede claro que sólo la maté para demostrarte a lo que soy capaz de llegar por un polvo tuyo", le dije. Quería sonar experimentada y me sentía la más fuerte de todas.

Al principio, un santo. Me escuchó calladito; pero cuando terminé, me gritó que estaba loca y que si era una broma era de pésimo gusto.

"No cortes", le supliqué de rodillas al lado de la cama. "No quiero hacerte mal", pero no me escuchó. Estaba desahuciada, era la segunda oportunidad en menos de cuarenta y ocho horas que me gritaban lo mismo en la cara. ¡Por qué a mí! ¡Por qué justo él tuvo que decirlo! Viniendo de una víbora como la Durán vaya y pase, pero él. El setenta por ciento de mi vida dedicada a su existencia ¿ y así me pagaba? Me sentía estafada, perseguida, acorralada. Podía sentir el despecho en el medio del corazón, y me imaginaba la palabra "Loca" con mayúsculas y titilando en la página central de la *Teleclick*. Ya podía ver una foto mía y de la Durán en la cochera, porque seguro que había alguna cámara registrándolo todo y del otro lado de la doble página, la Polaroid donde estoy partiendo la foto de Lady Di con los ojos cerrados. Estuve a punto de poner una canción de Luis Miguel, pero me arrepentí al instante de haberlo pensado, y le pedí perdón mirándolo a los ojos en el póster.

Veía todo negro. Necesitaba un estímulo. Abrí la cartera y saqué la botellita de tequila de la promoción. Me la terminé de un trago. Volví a intentar, mirándole la carita diminuta en el estíquer de la botella. Marqué "Redial", agarré mi chalina de seda y sentí que una espada de fuego me recorría la garganta y bajaba por el estómago siguiendo el mismo camino de la angustia y la desolación. Me miré al espejo. Estaba hecha una lágrima.

Esta vez fui al grano. Imposté la voz; me sentía Angélica Durán en "La condenada", y le dije, en el tono más cachondo que me salió: "Hola, Ricky, me llamo Esperanza Hóberal y si no te acostás conmigo te voy a matar". Me cortó. Respiré hondo y conté hasta diez. No podía contener el llanto.

No quería dejarme llevar por el impulso. Tenía que calcularlo bien. Intuía que no iba a ser tan sencillo, por eso intenté mantener la calma. Se me apareció la cara de mamá cuando me decía "con-trol", bajando el puño hasta llegar al mentón. Puse el último compacto y empezó "Yo te amé" a todo volumen. Me paré frente al espejo. No podía excederme con el póster de Ricky. Estaba tan lindo en esa foto. Tan cerca y tan mío. Le di tres piquitos y lo aseguré a la lámina con nueve chinches. Era un póster bárbaro, tamaño doble, que había salido en un número especial de la *Teleclick* dedicado a él. Una foto en la que está recién salido de la pileta, con una toalla en la mano y las piernas bien marcadas. Mojado y mirando a cámara de reojo, sonriendo apenas, como si lo hubieran agarrado desprevenido. La toalla le cubre casi todo el slip negro, y si una mira con ganas parece que está desnudo. Era una foto que le sacaron en Miami, porque en Argentina, según confesó una vez por radio, jamás se había puesto un slip.

Gloria me preguntó desde afuera qué estaba haciendo y le pedí por favor que me dejara en paz.

"No le hagas nada", me suplicó agitada.

"Por supuesto que no", le grité acercándome con el teléfono en la mano. "Por supuesto que no", y golpeé la puerta con los puños y escuché el grito de susto del otro lado. "Andate", le dije, y no me habló más.

Cuando el póster estuvo desplegado y tirante y Ricky morfándome con la sonrisa desde enfrente, hice dos marquitas en forma de equis. Respiré hondo y le incrusté el dedo índice en el tobillo hasta sentir el corcho en el nacimiento de la uña. En ese momento él, que salía del baño, envuelto en un toallón naranja divino, y que se prestaba a bajar el desnivel que hay hasta su habitación, trastabilló con el escalón y quedó tirado en el suelo, con el pie torcido, llorando de dolor. Yo también sufría. Lo imaginaba agachado apretándose la pierna, y quizás acordándose por primera vez de mí. Me emocioné.

Le di tres minutos para que se recuperara, me anudé la chalina a la muñeca derecha y volví a llamar. Le dije: "No quiero hacerte daño pero ya ves lo que me veo obligada a hacer si no me escuchás". Y aproveché para contarle también lo de Angélica Durán para que me fuera tomando un poco de respeto. Él nada.

"¿Te duele?", le pregunté. Silencio. "Cariño, ¿te duele?", yo insistiendo. Y ahí él, divino: "Un poco", y como buen capricorniano intuitivo esta vez me escuchó: "Yo soy incapaz de hacerle daño a nadie, y menos a alguien como vos". "Te voy a denunciar", me dijo él. Y yo: "No te voy a dar tiempo", y juro por Dios que esta vez no fue con la uña sino apenas una presión en el póster con la yema del dedo y enseguida escuché el grito del otro lado. "No quiero hacerte mal", le repetí. "Quiero que un auto me pase a buscar en media hora", y ahí me quebré pero le di la dirección, y antes de cortar lo amenacé asegurándole que si en treinta y un minutos no había alguien en la puerta de mi casa, el mundo entero se iba a acordar de mí para siempre. Corté. Cuando salí Gloria estaba sentada en el pasillo, escuchando; abrazada a su equeco en la oscuridad total.

"Esa frase es de Mariquita Valenzuela", me dijo la bicha. "¿Cómo lo sabés?", le pregunté molesta, porque odiaba que me escucharan las conversaciones. "Era mi preferida", me dijo, y yo sin prestarle atención le pasé el teléfono del Dr. Castillo para que me consiguiera un turno urgente. "Me pasan a buscar enseguida", le dije, "tengo que ducharme". Me sentía una diva.

En la tele comentaban que el auto de la princesa se había estampado en la columna número trece y se veían perfectamente las dos huellas del Mercedes marcadas en el pavimento. Uno de los testigos hablaba de un flash gigante, como si hubiera visto una explosión. Mostraban la puerta giratoria del Hotel Ritz de París, y adentro se veía a la princesa dando la última voltereta de su vida y metiéndose en un pasillo sin mirar a la cámara de seguridad que la enfocaba desde arriba.

Sonó el teléfono y a mí se me paró el corazón. Cuando levanté el tubo cortaron. Nos quedamos mirando con Gloria. A los diez segundos volvió a sonar y ella: "Dejá que atiento yo", súper misterio apurándose hacia donde estaba el aparato para que no lo atendiera. Y ante mi cara de sorpresa se puso a hablar como si nada y me dio la espalda porque era el gordo masajista. A mí no me gustó la actitud de Gloria y el gordo cada vez se me atragantaba más, pero por suerte tenía algo importante que hacer, así que me metí en el baño y antes me acerqué a recordarle que no se olvidara del turno con el Dr. Castillo.

Abrí la ducha y me miré al espejo. Necesitaba una renovación total. Tenía unas ojeras horribles y el pelo hecho una escoba. Me hubiera venido bárbaro pasar por la peluquería y de paso aprovechar para depilarme las piernas, que me daban un poco de calor. Se me apareció la cara de mamá, como estaba el día en que dejé Gualeguaychú, con el pelo medio seco y parado por la estática; mi mariposa de madera partida al medio; Benito entrando a la pieza; el ruido del secador que se iba haciendo más intenso y después la cara de mamá asomándose por la puerta y alargando la mano para agarrarme de los pelos; tuve que salir un minuto del baño porque me dio la sensación de que pasaba algo raro. Me empezó a doler la cabeza. Gloria de espaldas en el living movía el papelito con el teléfono del Dr. Castillo como si lo estuviera secando en el aire y escuché que decía "Satanás y sopladura" y justo se dio vuelta y me miró. Me persigné; no tenía ganas de invocar nada extraño y menos en ese día.

Fue horrible. Mi madre me hacía bajar los escalones de casa gritando: "Que Dios te perdone, yo no puedo". Cerré los ojos y traté de espantarla de mis pensamientos acordándome de la música que usaban en el templo de la Eucaristía para alejar al diablo. No había caso, me dieron ganas de llorar. Mucho miedo. Podía ver a mamá subiendo la escalera de la Academia De Biasio toda de negro con la fotito diminuta mía y de mi hermana que había salido en la *Casos* paraguaya. Ensimismada. Entonces, para reforzar el efecto y alejarla por completo, desesperada, puse el equipo a todo volumen y santo remedio.

Gloria cerró la puerta del living de una patada y hasta eso me hizo sentir muy mal. Me temblaba la mandíbula, me sentía más sensible que nunca. En carne viva.

12

Como era de esperar, a las cinco en punto de la tarde un morocho de camiseta negra manga larga tocó el timbre de mi departamento. No estaba lista y me tuvo que esperar más de veinte minutos. Mis opciones de vestuario incluían dos conjuntos de invierno, cuatro de media estación y uno bien jugado con escote y tajo, pero al final me decidí por el más sencillo. Fue una de las decisiones más difíciles de mi vida.

Llevaba medio kilo de base encima y estaba radiante. Me había pintado los labios con un lápiz-pincel negro que no se corre tanto, pero por debajo tenía un lila muy suave para darle luz. Los ojos tipo almendra, como la Durán en "La condenada". La nariz, ultramaquillada, quedó impecable. Metida en el conjunto de la cara, parecía una obra de arte.

El morocho me condujo hasta un Mercedes negro con vidrios polarizados que daba taquicardia, mientras Gloria me seguía con la mirada desde el balcón. Me saludaba como si fuera una reina. Antes de bajar le pregunté: "¿Y vos qué vas a hacer?". Estaba preocupada por ella. La veía tensa y ojerosa.

"Rezar", me contestó, y me dio un abrazo con todas sus fuerzas, como hacía tiempo no nos estrechábamos. Yo a Gloria la quería mucho, pero en ese momento sentí que éramos hermanas de sangre y que en ese tramo tan delicado de mi vida estaba ahí, como de fierro. "Basta, que voy a llorar, y no puedo", le dije y abrí grandes los ojos y apoyé los dedos a los costados como para frenar las lágrimas. Me miré al espejo. Era un gesto típico de Angélica. "Te queda bárbaro", me dijo Gloria arreglándome el sombrero de ala ancha que me había prestado. Uno que hacía juego con la trenza aceitada que me llegaba hasta la cintura. El aplique era un préstamo de Irma, la maquilladora del canal, que anteriormente había usado la Graciela Alfano. Todas habían aportado su granito de arena, y yo iba entregada al encuentro de Ricky.

Rogué que el Mercedes tuviera calefacción porque en esos diez metros que tuve que hacer desde la entrada de casa quedé congelada. Igual prefería estar ligera de ropa y por las dudas adentro de la cartera tenía una bufanda de seda negra divina que me quedaba mortal y, llegado el caso, en dos minutos incorporada y listo. El morocho grandote me abrió la puerta y salimos rumbo a Palermo dando la vuelta por avenida Independencia con una temperatura ideal. Él no me sacó los ojos de las tetas en todo el trayecto, mirándome por el retrovisor.

"¿Cómo está?", le pregunté.

"¿Cómo está qué?", me contestó el bestia.

"Del tobillo", le dije impaciente.

"Está tirado con una bolsa de hielo", dijo, y no hizo ningún otro comentario al respecto. Yo arrugué las cejas por las dudas, aliviada de que no sospechara nada. Me entretuve mirando mi tapadito bárbaro de media estación, lila y con dos tablas a los costados, que me hacía flaca. La pollera: corta y negra. Medias, por supuesto. Nueve centímetros de taco. Fantástica. Luz en los párpados y en los ojos. El corrector había modificado mis facciones, dándoles apariencia de "para arriba", aunque no podía quitarme el gesto de preocupación. Tampoco podía dejar de mirarme en un espejito que llevaba adentro del monedero, muy cómodo para este tipo de situaciones que requieren discreción: un rectangulito donde apenas entra la boca y nada más. Perfecto.

"Parece que se desata en cualquier momento", el morocho mirando para el cielo en un semáforo. Y yo: "Seguro que llueve ¿no?" . Y él: "Se viene Santa Rosa y está atrasada". "¿Sí?", le contesté; y al instante me vino a la cabeza la imagen de mi hermana contándole a mamá, en el cuartito de los muertos, a través de Hilda De Biasio, paso a paso, la explosión de casa, y mamá superatenta a todos los detalles, cuando mi hermana pronuncia mi nombre, cuando lo repite, cuando se toca el pecho y se pone a llorar. Me esforcé en cerrar los ojos para no pensar más, porque intuía que en cualquier momento llegábamos y no podía quedar impresentable. El morocho me pasó un pañuelito de papel para que me secara.

Lo puse horizontal y absorbí las lágrimas sin que se me corriera un solo milímetro de pintura. Una profesional. Él, para cambiar de tema, me dijo: "A ver si engancho el pronóstico meteorológico", pero no hubo tiempo.

Llegamos al minuto. A mí se me avivó la cara. El morocho apretó un control remoto tipo tele y la entrada se abrió de par en par. Niceto Vega y Bonpland. De afuera no daba un peso, pero adentro caí muerta. Impresionante. La puerta del garaje se cerró sola. Yo veía puntitos de luces rojas cada dos metros e imaginé que serían cámaras. Me puse derecha. Seguro que él estaría en algún lugar observándome por los monitores. O tal vez estaba el FBI adentro, juntando pruebas para encerrarme; probablemente mamá declararía en mi contra y me mandarían a la cárcel. Más vale que no fuera el caso porque ahí sí que iban a saber con quién se metían. Y no era una amenaza, era una afirmación. No podía acordarme en qué novela había escuchado esa frase. Miré fijo una de las lucecitas rojas para que entendieran el mensaje si me estaban mirando. Me cuidé de no levantar demasiado los hombros para quedar natural. El morocho me hizo pasar y subimos las escaleras.

Había un espejo fabuloso. Me miré de arriba a abajo. Impecable. Mi tapadito haciendo juego con las paredes, y al costado una mesa larga llena de fotos y papeles. Me contuve de ir corriendo a revisarlo todo. Y lo hice sólo porque también había una puerta tapizada en cuerina verde, llena de tachas de colores. No podía reaccionar. Era la misma que aparecía en mis sueños de Gualeguaychú, cuando era chica. Idéntica. Como salida de la película *Días de ilusión*. Crucé los dedos; me acuerdo que en el sueño la puerta también se iba abriendo como automática y yo, que venía volando arriba de mi mariposa gigante color naranja, era arrojada al vacío por un precipicio interminable y las paredes del hueco por donde caía se transformaban en un corazón de carne y hueso tembloroso, con las fibras de los músculos y todo, y yo hundiéndome en su precipicio.

Ensayé la boca sexy. Natural de cara, pero como mordiendo los colmillos. Las manos quietas y los dedos un poco hacia arriba. El morocho me invitó a pasar. Me temblaban las piernas. El corazón a mil. Había música funcional, parecía el Sheraton. Clásica. No había ningún televisor, ni monitores, ni el FBI. Me relajé. Él estaba al fondo de la habitación acostado en la cama, envuelto en una bata de toalla blanca. Me acerqué. Tenía la pierna derecha apoyada en un almohadón y arriba una bolsa de hielo ultramoderna, inflable y de un turquesa chillón. Importadísima.

"Al fin solos", dije, riéndome para disimular la incomodidad.

Me senté en el borde de la cama. En la punta, con las piernas estiradas para adelante igual que las agujas del reloj de pared que marcaba las seis menos veinte. Me sentía desnuda y vulnerable como él. Estaba muerta de amor. Le pregunté si le dolía; me hizo un gesto con la

cabeza. A mí me era imposible desviar la vista del paquete, como si tuviera un imán. Tenía unas piernas bárbaras.
Le pasé una mano para ver la reacción. Él divino, ni mu.

"Entiendo que no estoy en mi mejor momento", le
dije mostrándole la foto que nos habían sacado en
Gualeguaychú frente al palco municipal. Con las plumas y los espaldares. "No te voy a obligar a nada." Él
mudo. Pensé: "O está en shock total o está drogado."
Le separé las piernas. No quería forzar la situación, pero
así como estábamos no llegábamos a ningún lado; yo
hacía lo que podía, él con cara de pánico.

Tuve que esperar un buen rato hasta que se le puso
como corresponde. La música tampoco ayudaba pero
yo di lo mejor de mí y después de un buen rato ya nos
llevábamos de otra forma. Entonces, más relajada, le
pregunté por qué me había hecho quedar tan mal en el
Sheraton y él entonces dijo: "ya sé quién eres", y le cambió la cara, fue como volver a enamorarme porque además me pidió perdón. Le dije: "Ya no importa". Y aunque estuviera llorando, me sentía la más feliz de todas.

Entonces me paré y le pedí por favor que pusiera el
tema 9 del CD Ricky Martin y acto seguido reproduje
entero el videoclip de "Volverás", porque me lo conocía
de memoria. Di una vuelta primero alrededor de la ban-
queta, me arrodillé en la punta, igual que la chica, que
lo hacía re bién, con el pelo en la cara, y yo entonces
jugando con mi trenza, y después la parte del coro, con
baile y todo, que me salió como nunca, y él hasta se puso

a cantar despacito mientras yo terminaba el número, haciendo un esfuerzo sobrehumano para que la base y la sombra de ojos no se transformaran en una catástrofe.

Abrí la cartera, saqué mi pañuelo blanco y también un dulce de leche Sancor chiquitito que Gloria robaba de a miles en el Sheraton. Se la unté toda y usé el espejito para verme, ya que no había ningún fotógrafo para registrar el momento.

Flotaba, pero cuando él me agarró la cabeza con las dos manos, me derretí de ternura. "Por favor, si te vas a acabar me encantaría pedirte algo", le dije mientras interrumpía mi tarea por un instante. Además me estaba ahogando. Él me hizo señas de que sí con la cabeza, entregado.

"Cantame 'Yo te amé' ", le dije, "y te prometo que es lo último que te pido."

"Pero entonces no…", me contestó, pobrecito santo, mirándose la pija y levantando los hombros. Estaba para comérselo. Y se iluminó acordándose que estaba en el mismo compacto, marcó el número cuatro en el control remoto y para mí fue mortal.

Él acabó al instante, un poco arqueado y prendido a mi cabeza con las dos manos y con el control que se me incrustaba en la trenza. Y pensar que al principio tenía miedo de que no se le fuera a parar jamás. Con el shock, con el dolor de tobillo, con los nervios, con razón.

Estaba muy emocionada. Fui al baño y volqué todo lo que tenía en la boca adentro de la botellita de tequila que había traído especialmente. Me limpié los labios con el pañuelo blanco. Él me sonreía desde el estíquer. También llevaba la picuda de vidrio que él usó en Gualeguaychú, y la cargué con agua de la canilla.

Felicidad pura. Juro por mi madre que antes de que me fuera me abrazó. Y al fondo sonaba "La bomba". No sabía qué decir, le pregunté si era un tema nuevo y él que sí, que era el último demo, y yo: Por favor no te muevas, y él fue saltando en una pata hasta el equipo y me lo regaló.

El tiempo estaba horrible. En el camino de regreso se me aparecía la escena completa como una película que comenzaba con el abrazo con Gloria en la puerta de casa y terminaba conmigo bajando las escaleras, llorando, con el tapado abotonado y con las botellas en la mano y él en el último escalón con la robe abierta, la pija colgando y la cara de respeto que sólo da el shock de la violación, hasta la palabra "fin" a un costado en color rojo.

Juré por mamá, por Gloria y por Nélida Doménico que no volvería a hacerlo nunca más. El hijo de Ricky, mientras yo viviera, iba a tener una madre normal como todo el mundo. Y me imaginé que cuando todo terminara y pudiera contar lo que había tenido que hacer para ser feliz, Mirta me invitaría a su programa y ayudaría a que todo el mundo se enterara de la verdad. Y entonces aparece mamá en mis pensamientos y no lo puedo evitar por más que quiera y me grita: "Mirta no invita asesinas", y alarga la ese final como una víbora. Le contesto: "Si estuvo la Yiya Murano, a mí seguro que me invita". Y me acordé de cuando Zulema Yoma había dicho, almorzando con Mirta también, que en la vida, si no tenemos esperanza, estamos muertos. Yo tenía ganas de gritárselo al mundo entero, y le pedí al chofer que se detuviera en el primer teléfono público. Necesitaba hacer una llamada urgente. Necesitaba desahogarme.

Se había levantado muchísimo viento pero no me molestaba porque me sentía en la luna. Después de hacer mi llamada urgente, disqué el número de mamá en Gualeguaychú. Cuando contestó, corté. Últimamente se lo hacía todo el tiempo. Sólo quería escuchar su voz.

No lo podía creer. A veinte metros de la cabina vi el cartel inmenso que decía "Clínica de Muñecas" y me acerqué a la vidriera como hipnotizada. Estaban de un lado todas las remendadas y del otro los pedacitos sueltos que vendían a 50 centavos la pieza. Pensé en Yoselín, mi Barbie morocha, calculando lo bien que nos vendría darnos una vuelta por la clínica, y estuve a punto de memorizar el teléfono cuando me acordé que ya lo tenía anotado en mi cuaderno de frases, y en ese momento el morocho que me tocaba bocina. Se estaba por largar el temporal.

Corrí hasta el auto tratando de no mojarme con las primeras gotas. "Justo a tiempo", me dijo él, "ahora sí que se largó." Y aceleramos.

13

El morocho me depositó en la puerta de casa como
si fuera una princesa. Tuvo que estacionar arriba de la
vereda porque la tormenta estaba a pleno. Caían rayos
cada dos segundos y él, un duque, trató de hacer, con
su propio cuerpo, la puerta y el paraguas que se le iba
para todos lados, un túnel para protegerme. De todas
formas terminamos empapados; él con la camiseta bien
pegada al cuerpo, re potro y después en tres segundos
desapareció, a toda velocidad, como loco, levantando
agua a los costados.

Quedé molida de cansancio. Lo primero fue sacarme
los zapatos en el hall de entrada; una respiración profunda
y completa, como recomendaba Gloria, para serenarme,
y recién ahí me di cuenta de que no había luz en todo el
edificio. Una pesadilla. Nueve pisos por escalera: mortal.
No se veía nada y yo siempre me pongo de malhumor
cuando no hay luz. Me da miedo, por eso iba muy despacio, agarrada a la baranda tratando de pisar bien firme,
contando los escalones para hacer algo con el tiempo.

Sentí una mano fría en la espalda y pegué un grito.
La vieja que me había tocado pegó otro, y encima tuve

que acompañarla hasta la puerta de su casa en el cuarto piso. No daba más, no estaba para hacerme cargo de nadie. Y la vieja ya iba prendida de mi brazo y me tiraba para abajo con todo el peso del cuerpo. Y yo: "nueve", y esperaba a que subiera primero el bastón, después la izquierda, empujoncito y: "diez", contaba yo para ayudarla; apenas podía con la otra pata. "Once", y ella: "son trece en total", y me preguntó quién gritaba tanto hacía un rato y le contesté que ni idea, que venía de la calle y que estaba muy feliz porque acababa de ver a Ricky Martin en persona. "Ay, qué divino", ella, y yo: "Mucho más que eso", y la dejé en casita pero el comentario que había hecho sobre los gritos me quedó dando vueltas por la cabeza, especialmente porque tenía que seguir subiendo en la oscuridad.

A partir del séptimo las ventanas dejaban entrar un poco más de luz, lo que me permitía ver algo cada vez que había un relámpago. Se me hizo más fácil. En un momento mi sombra quedó reflejada en la pared; la botella de agua mineral parecía un cuerno que salía de la espalda. Me agaché. Hecho un bollo al lado de la basura estaba tirado el papel celofán que usaba Gloria para envolver su caja de zapatos. Angélica Durán tenía un pañuelo con el mismo motivo y lo levanté porque me sentía feliz hasta por esa tontería. Había un dejo a goma quemada en el palier.

Cuando abrí la puerta de casa, no alcanzaba a ver nada. Junté coraje y entré. Conocía el departamento como la palma de mi mano. "¡Gloria!", grité en dirección a la cocina y al pasillo, pero nada. Muy raro. "¡Gloria!", de nuevo; silencio y un trueno horrible que hace temblar las persianas. No entendía qué podía haberle pasado para que se fuera en un momento como ése, con tanto para contarle y con semejante tormenta. Pero ella solía tener reacciones muy infantiles y últimamente estaba extraña. Calladita e imprevisible. Me pareció que el olor a quemado venía de adentro.

Pegué un grito de terror al tropezar con algo; casi se me cae la botella. Di con el cesto de mudanza, y de pronto no entendía por qué. Estaba desorientada en la oscuridad y tuve la sensación de que me habían empujado, pero siempre me tropiezo cuando no hay luz.

De chica solía pedirle a mi madre que dejara el velador encendido porque me daba pánico despertarme en medio de la noche y que no hubiera nadie. Me desubicaba. No podía acordarme de qué lado era la cabecera, o para dónde tenía los pies. Entonces siempre terminaba gritando o lastimada.

Mamá, frente al espejo de su habitación en Gualeguaychú, se marcó la tercera línea del ojo, la que se pinta casi del lado de adentro para dar profundidad. Se la notaba cansada y más vieja, como si los dos últimos años se le hubieran incrustado en los hombros. Igual estaba divina y su habitación olía mejor que nunca. Tenía abierta una revista en la página central. La Casos *paraguaya donde había salido la noticia de la explosión. Una foto chiquita de mi hermana y otra mía con una flecha que apenas tocaba el borde negro.*

Con mi hermana peleábamos todo el tiempo por lo mismo. Ella no podía dormirse con el velador prendido. Y se levantaba a apagarlo y entonces yo pedía auxilio a los alaridos, y peleas, nada más que peleas. Hasta que compraron una linterna de emergencia que nos iluminaba toda la noche. Era mi ángel de la guarda, me salvaba de la penumbra, y me hubiera encantado tenerla conmigo en ese momento, pero estaba guardada en mi habitación, bajo llave. Escuché un portazo que venía de los pisos de más arriba y volví a tropezarme con una silla. O yo estaba tarada o todos los muebles habían cambiado de lugar.

Mamá se llenó la cara de polvo traslúcido. Era el secreto para estar espléndida. El buen maquillaje, solía decir, es el que te corrige las imperfecciones y además no se nota, y era ahí, en el espolvoreado final, cuando se certificaba una buena muñeca. Tenía puesto un vestido negro discretísimo de una sola pieza. Se paró y volvió a sentarse con el pote de crema para las piernas.

Me di un golpe tremendo en las rodillas pero no me importó. Tenía fuerzas para enfrentar cualquier cosa. Seguí a tientas hasta la cocina. Las cortinas estaban corridas; no entraba una gota de luz. Entonces mi mano tocó una caja de fósforos. Encendí uno y me pegué otro susto. Una cucaracha enorme corrió hasta perderse en la ranura de una hornalla. Le había tirado con el bollo de papel celofán, teniéndola a dos centímetros de la mano. Me atravesó un escalofrío. "¡Gloria!", grité asomándome al pasillo. Creí haber escuchado un ruido cerca del baño. La lluvia pegaba en los vidrios con toda la fuerza haciendo el mismo ruido de la tele cuando está cortada.

Mamá marcó el teléfono de Hilda De Biasio con una birome. La tenía sujeta de la punta porque no quería que se le estropearan las uñas. "¡Te llamé hace diez minutos!", le dijo Hilda, preocupada. Y mamá: "No contesto el teléfono porque tengo miedo", y la otra nada. Silencio.

Abrí la heladera y metí las dos botellas. Nélida me había dicho que una vez que se ponen a refrigerar ciertas sustancias, no hay que cortar la cadena de frío. Me dio mucho miedo pensar que nuestro hijo corría peligro ahí adentro. Tendría que hacer algo después, para salvarlo. Por suerte encontré un paquete de velas en el armario. Me estaba impacientando y pensé que era una taradez olvidarme de la felicidad del encuentro con Ricky por insignificancias como una tormenta o la falta de luz.

Me lo repetía para creérmelo, pero igual odiaba estar a oscuras. Fue muy extraño no ver las fotos que siempre estaban sostenidas con imanes en la puerta de la heladera: la de él en el recital de la 9 de Julio y otra donde posábamos Gloria y yo abrazadas, pero no le di importancia porque me entró frío con la ropa empapada. Me moría de cansancio. Además el aire estaba rarísimo. Pesado, húmedo. Me costaba respirar. Me sentía gorda, y como no tenía los zapatos puestos caminaba en puntas de pie, con miedo de pisar una cucaracha.

"Voy para allá", mi mamá, después de una pausa interminable. Hilda se apuró a decir: "Traé la foto", y mi madre: "Sí", muy suave que casi ni se la escucha. Dejó el teléfono descolgado, apagó la luz y se quedó unos minutos a oscuras, pensando en nada, disimulada en la penumbra con su vestido negro.

Con una vela en un platito entré en el baño a sacarme el maquillaje. En el espejo se me veía la mandíbula tensa. "Falta de costumbre", pensé; me sostuve los maxilares con dos dedos y abrí bien la boca como si fuera a dar un grito. Recordé que los muebles del living estaban en su lugar y me dije que me había desubicado la falta de luz, nada más; es que yo a oscuras pierdo el eje. Se me da vuelta todo y entro en pánico.

Fui a apoyar la vela en los bordes de la bañera. Lo primero que vi fue la brasa del cigarrillo atravesando la oscuridad y explotando en el water. Me quedé helada. Gloria estaba desnuda y paradita al lado del inodoro con cara de ultratumba. "No me escuchaste cuando te gritaba", le dije. "No, nena, estoy revuelta", me contestó mientras tiraba la cadena, se agarraba la panza y se volvía a sentar.

"¿Qué hacías fumando?", le pregunté, porque ella sabía muy bien que a mí no me gustaba nada el olor a pucho. "¡¿Te dije o no te dije que no me siento bien?!", gritó ella. Y yo: "Qué feo olor". Y ella, muy enojada: "¿Pero quién sos, el FBI?", y a mí eso me cayó muy mal. Le dije: "Mirá, nena, si me preocupo por vos no es para que te pongas así". Y me pidió perdón y después me ayudó a encender y colocar más velas en el baño y en toda la casa, mientras me contaba que sentía una energía demoledora, hipernegativa, y manoteó un pucho de arriba de la tele y después dijo: "Es el último", haciendo un bollito con el paquete vacío. Tenía la mandíbula muy tensa y se la veía un poco pálida. "Estás muy mal", le dije tratando de abrazarla, pero ella me evitó enseguida y fue a buscar los fósforos a la cocina. Llevaba puesta la plataforma y entonces no arrastraba los pies.

Hacía muchísimo tiempo que no la veía desnuda. Tenía un cuerpo perfecto. Los huesos de la cadera bien marcados. La nuca estirada. Era una muñequita. "Poné la 105.5", le dije. Y ella: "¿Para qué?". "Es una sorpresa", y se fue a encender la radio. No sé si era la luz de la vela o el hecho de que estuviera desnuda, pero la renguera no se le notaba para nada.

Y después, cuando yo ya pensaba que nunca iba a dejar de hablar de sí misma y de la energía y bla bla bla, sin siquiera importarle en lo más mínimo lo maravillosa que había sido la tarde para mí, sin preocuparse por cómo estaba Ricky de salud, me preguntó: "¿Cómo la tiene?", directo al grano, tirándome el humo en la cara y aplastando con fuerza la braza del cigarrillo en el cenicero del Sheraton. A mí la pregunta me cayó muy mal pero se lo tuve que mostrar con el cepillo del pelo y lo dejé rebién. Y cuando terminamos con los detalles la llevé a la cocina, le mostré la botellita de tequila y aproveché para tomarme un trago de agua, así, del pico. "Tenés turno con el Dr. Castillo a las nueve de la mañana", me dijo. Apática total. Abrí las cortinas para que al menos entrara el reflejo de las propagandas fluorescentes de la calle.

Un relámpago enorme partió el cielo; me dio un poco de vértigo y me tapé los oídos porque el ruido iba a ser tremendo.

*Mamá abrió la puerta de casa y miró a los costados. No
quería que la vieran. Tuvo mala suerte. En ese instante pasó
Benito en su camioneta. Iba serio, con un cigarrillo apagado
en la boca; a su lado Titina, la vendedora de Chorus, le tocaba las piernas. Benito agachó la cabeza para que mamá no
lo reconociera. Ella, sin embargo, ni se dio cuenta de que era
él, pero igual esperó a que se alejara para cruzar la calle y
meterse en la Academia De Biasio con la revista hecha un
tubo en la mano. La madre de Gloria estaba encendiendo el
altarcito sentada en la escalera. Mamá se acercó. "Tengo algo
en el pecho", le dijo Hilda y le hizo señas de que ya subían.
Antes prendió una vela gruesa con una estampita de la virgen de Lourdes guardada especialmente para mamá y se quedó congelada viendo cómo la llama desprendía chispas por
los costados. Tiró el fósforo al suelo y se escuchó el ruido de la
brasa apagándose en el balde de plástico con agua sucia que
había abajo del altar. "A ver", dijo Hilda alargando la mano,
y abrió la revista justo donde estábamos nosotras.*

Me apuré a llamar al consultorio del doctor Castillo; por suerte todavía no se habían ido. "Se me muere", le lloré desesperada, y tuve que rogarle a la secreta-
ria que me diera turno para esa misma noche porque
no quería cortar la cadena de frío. Aflojó cuando le
mencioné a Nélida Doménico, a la Durán y, sobre todo,
a Irma, la maquilladora, que era íntima amiga suya.

En ningún momento sospeché nada cuando Gloria se agachó para buscar algo en el mueble de la cocina, pero cuando la vi de cuerpo entero no me quedó otra que aceptar que algo extraño le pasaba. Tenía la plataforma de madera en una mano y mi Polaroid en la otra. Imaginé lo peor. Dicho y hecho, puso la cámara en la mesa y me gritó: "¡Ni una sola foto más!", al tiempo que le daba un golpe que la hizo volar por el aire en mil pedazos. Vi los fragmentos rebotando en las paredes como en una explosión. Fue una locura.

Salí corriendo de la cocina. No veía nada. Cuando iba por la mitad del hall sentí un estallido cerca de la espalda. Gloria me había tirado con la botella de agua mineral y escuché cómo reventaba a dos centímetros de mi pie derecho. Apenas me dio tiempo para encerrarme en la habitación. Me sentía una cucaracha, me transpiraban las manos y me costó un perú trabar la puerta y abrir la cómoda. Por suerte mi linterna de emergencia estaba ahí. En la desesperación buscaba una foto de Gloria. "Se terminó Esperanza Hober*o*l", gritó ella desde afuera. "H*ó*beral", la corregí con toda la fuerza de mis pulmones. Ella estaba como loca y empezó a darle al picaporte con la plataforma. "Gloria De Biasio, te odio", le grité cuando vi con sorpresa que había descolgado todos los pósters de Ricky; que ni siquiera había dejado el que estaba pegado con chinches en la lámina de corcho.

Abrí el placard. No encontraba nada, y ella que seguía golpeando la puerta con toda la furia. La hija de puta se había encargado de esconder las fotos y destrozarme la Polaroid. ¡Estaba desarmada!

Mamá y la madre de Gloria subieron la escalera como si estuvieran idas. Hilda iba primera con la vela en alto y, una vez arriba, fue ella la que llevó a mi madre de la mano y la sentó mesa de por medio. "¿Qué hora es?", preguntó. "No sé", mamá tratando de acercar el reloj a la llama. Y la madre de Gloria: "¡Mirá!", y la llama se veía toda celeste como nunca se la ve naturalmente, y se agrandaba y volvía a dividirse en naranja y lila apenas delineados y otra vez toda celeste y así.

Yo, tan desolada en mi habitación que no podía pensar. A un costado, en el suelo, la caja de zapatos de Gloria y adentro el cuerpito de Yoselín, mi Barbie morocha toda magullada, con otras nueve patitas más, quemadas y torturadas con cigarrillos, con los bordes derretidos y mordisqueados. No lo podía creer. El olor a goma quemada venía de ahí, del *secretaire* de Gloria, y en uno de los bordes estaba mi carnet de socia del club de fans partido al medio y la pude ver moviendo las manos como una comadreja. Sólo había fotos mías, agujereadas con alfiler de gancho. Se me revolvía el estómago. Me desmoronaba.

Un estruendo y se abrió la puerta con el golpe. Ella vino rengueando directo adonde estaba agachada y me metió un plataformazo en la pierna derecha que casi me deja sin conocimiento. Igual logré hacerle una zancadilla y escapar. Me había dado con todo en el hueso, y el dolor era tan intenso que sólo atiné a salir al pasillo gateando. Había vidrios en el suelo pero no me importó. Ella me seguía con una tenacidad de loca, repitiendo: "Te voy a limpiar", con la plataforma de madera en alto y las tetas colgando.

Yo habré entrado en un coma emocional o algo así, porque no podía pensar. Mis movimientos me parecían de robot, como si hubiera dejado de sentir. Congelada y de espaldas, con un estado de náusea general, tratando de abrir la ventana de la cocina, viendo cómo mi mano giraba en cámara lenta, escuchando mi grito desesperado, y Ricky que me abría los brazos desde un costado del escenario y las luces de la calle que se iban para abajo con la lluvia y sentir el golpe seco en el medio del cuello y ver cómo mi nariz se incrustaba en el vidrio y la mano derecha también, con el pulgar hacia arriba, como cuando nos saludamos con Gloria en el escenario de Gualeguaychú, pero en este caso estaba ella atrás. Fue un instante.

En el reflejo de la ventana se veía el fuego de tres velas y en el centro estaba Ramón cantando en la Iglesia de Cristo con el spot verde que le resaltaba los ángulos de la cara y el cartel enorme con focos que titilaba al fondo del templo de la Eucaristía de la Oración. "La gloria del Señor bajará los brazos sobre nuestra esperanza", leía cuando ella me ultimó con otros tres golpes en la cabeza. "Asesina, diabla, soplada", me gritó mientras lo hacía, y los carteles fluorescentes de la calle titilando.

Después, completamente serena, se vistió, se puso la plataforma, agarró la botellita con el semen, que estaba en la heladera, y antes de salir a la calle vació la caja de zapatos con mis fotos y las patitas de muñecas. Me pasó un huevo por todo el cuerpo y me lo aplastó en la pierna derecha.

Cuando ella daba el portazo, escuché mi propia voz en la radio. Empezaba el mensaje que había dejado un rato antes en la 105.5, donde le pedía perdón a Ricky, a mamá le preguntaba por qué nunca me había buscado y le pedía ayuda a Gloria. Que la quería con todo el corazón, que en este último tiempo ella se había portado como la hermana que nunca tuve, que le dedicaba "Volverás", del último de Ricky; se me notaba en la voz que estaba llorando emocionada y se podía escuchar la plataforma de madera golpeando los escalones de mi casa, alejándose con un *toc* que finalmente se confundió con el tema que comenzaba en la radio.

A los tres minutos, antes de que Ricky terminara la canción, dejé de respirar.

Gloria me preparó con la prolijidad con la que los salteños arreglan los equecos para los carnavales. Me envolvió en una colcha común y silvestre y fue guardando todas mis pertenencias en bolsitas de nylon. En una los restos de la botella de agua mineral, en otra la Polaroid destrozada. El retrato de Nélida Doménico conmigo en brazos, la trenza postiza de Irma, el póster de Ricky semidesnudo, las patitas de las muñecas en su caja de cartón, el carnet de fan, mi pañuelo bordado y mis álbumes de Ricky con el autógrafo de los Menudo. Me ató con el pasacalle de cinco metros y pico que tenía colgado en la pared y que decía "Te amo" con mi nombre escrito en letras rojas y amarillas y me metió en el cesto de la mudanza.

Limpió todo y cuando llegó el masajista desde Devoto ya estaba lista y maquillada. Gloria lo abrazó en el baño mientras el otro hacía pis y se quedaron haciendo tiempo hasta las tres y media de la madrugada.

Empujaron el canasto por el pasillo y lo arrastraron los nueve pisos, por escalera, peldaño a peldaño, hasta que me metieron en la parte de atrás de la camioneta.

El gordo sintonizó el servicio meteorológico. Se esperaban chaparrones aislados en cualquier momento pero la tormenta había parado un poco. En uno de los semáforos se quedaron un tiempo escuchando las primeras descripciones del funeral de Lady Di, transmitido desde Londres en directo. Se hablaba del cajón, tirado por dos caballos, envuelto en un manto rojo y amarillo, divino, que lo cubría por completo; miles de flores.

No había un alma en la Avenida. Tenían toda la ciudad para ellos, así que pararon muchas veces, pero siempre terminaban convenciéndose de que era mejor seguir un poco más. Finalmente nos detuvimos a unos cien metros del Club de Pescadores, donde había un cartel con una flecha blanca apuntando al cielo. Me volvieron a arrastrar entre los dos y me tiraron desde un sector donde no había baranda.

Fue todo muy rápido y yo me hundí enseguida con el peso de mis recuerdos y con la tapa de la alcantarilla que me ataron en la cabeza; no paré hasta incrustarme en el fondo del río. Y Gloria, en el borde, con su blusa turquesa con pimpollos rojos, viendo cómo desaparecía en el agua, con todos los músculos de la cara contraídos y un viento horrible que la despeinaba todo el tiempo. La vela que estaba entre Hilda De Biasio y mamá, en Gualeguaychú, se apagó en el momento en que yo dejé la superficie.

Cuando mamá volvió a encenderla, la madre de Gloria ya tenía la palma de la mano extendida a la altura de la frente y la fue dejando caer hasta llegar al mentón.

Y quizá mi historia hubiera sido un caso más de "Gente que busca gente". Y Gloria se hubiera quedado con los laureles. Pero ella no sabía o no se acordó que las mellizas Hóberal u Hober*o*l, como se le cante pronunciar, volvemos para hablar hasta después de muertas.